Le poème est l'amour réalisé du désir demeuré désir.

René Char (1907-1988)

"但我的心听啊，且听那水手之歌！"

——马拉美《海风》

ANTHOLOGIE DE LA POÉSIE FRANÇAISE

法 国 名 家 诗 选

飞白 译

海天出版社（中国·深圳）

图书在版编目（CIP）数据

法国名家诗选 / 飞白译. — 深圳 : 海天出版社,
2014.9
ISBN 978-7-5507-1085-6

Ⅰ.①法… Ⅱ.①飞… Ⅲ.①诗集—法国　Ⅳ.
①I565.2

中国版本图书馆CIP数据核字（2014）第104931号

法国名家诗选
FA GUO MING JIA SHI XUAN

出 品 人　陈新亮
责 任 编 辑　胡小跃
责 任 校 对　方　琅
责 任 技 编　蔡梅琴
封 面 设 计　蒙丹广告

出 版 发 行　海天出版社
地　　　址　深圳市彩田南路海天综合大厦　（518033）
网　　　址　www.htph.com.cn
订 购 电 话　0755-83460293(批发)　83460397(邮购)
设 计 制 作　深圳市龙墨文化传播有限公司 (0755-83461000)
印　　　刷　深圳市华信图文印务有限公司
开　　　本　787mm×1092mm　1/16
印　　　张　27.75
字　　　数　400千
版　　　次　2014年9月第1版
印　　　次　2014年9月第1次
定　　　价　68.00元

飞白，全名汪飞白，1929年生于杭州，1949年离浙江大学外文系参加革命工作，历任第四野战军、广州军区军事兼外事翻译、训练参谋及某部政委等职，1980年辞军职回校，任杭州大学/浙江大学中文系教授、美国尔赛纳斯学院英文系客座教授、云南大学外国语学院教授，开设世界名诗选讲、世界诗歌史、现代外国诗、比较诗学和文化、翻译学等课程。

飞白长期致力于世界诗歌名著的研究译介，以视野广阔著称。主要成果有《诗海——世界诗歌史纲》、《诗海游踪——中西诗比较讲稿》等专著3卷，《古罗马诗选》、《英国维多利亚时代诗选》、《谁在俄罗斯能过好日子》、《哈代诗选》等译著17卷，主编《世界诗库》、《汪静之文集》、《世界名诗鉴赏辞典》等编著18卷，并参加《世界诗库》中拉丁文及英法西俄荷等十余个语种的诗翻译和评介，被称为"诗海水手"。曾获中国图书奖（两项）、国家图书奖提名奖、全国优秀外国文学图书奖（两项）等多种奖项，并享有国务院颁发给有突出贡献专家的特殊津贴。

二十世纪

法国诗歌源远流长，文学史上一般把《罗兰之歌》当作是法国文学的开端。这是法国最具代表性的英雄史诗，成书约在11世纪末。法国史诗在12世纪达到繁荣，与此同时，织布歌和传奇也出现了。织布歌是法国现存的最早的抒情诗，最初是织布女工在劳动时哼唱的歌，清新自然，但后来被贵族加以改造，成了贵妇人消闲的工具，诗也变得贵族化了，失去了原先朴实的风格，显得有点做作，内容则大多为男女之爱。相比起来，传奇就显得灵活多了，它不像史诗那么沉重，也不像织布歌那么苍白。传奇有情有景，有故事，有人物，既有英雄壮举，又有甜蜜的爱情，其内容主要是骑士的冒险经历和爱情故事。

13世纪，市民阶层形成，反映市民日常生活和普通人民感情的市民文学也随之诞生，市民文学种类繁多，除了抒情诗以外，还有讽刺诗、故事诗、寓言诗、教会诗等；就抒情诗而言，当时较著名的诗人有吕特博夫和缪塞特。吕特博夫是中世纪第一个杰出的抒情诗人，他的诗真实地反映了下层人民的困苦生活，洋溢着现实主义精神。他把诗从宫廷和贵族手中夺了回来，使之成为普通市民倾吐感情的工具。

15世纪，法国战乱不断，抒情诗却出现了繁荣，诞生了两位大诗人：奥尔良和维庸。奥尔良是显贵，曾设沙龙广招文人骚客，在培养文人、发展文学方面有一定的贡献。他的诗写得很精美典雅，但又不乏灵活和变化。他把抒情诗个人化了，诗的感情、理智和模式都带有鲜明的个性。维庸则从平民的角度去反映社会，在诗中描写和歌颂下等人。他继承了13世纪市民文学的现实主义传统，一反贵族骑士的典雅趣味，以真诚大胆的笔触揭示内心世界，用粗俗的语言表现真实的情感，贯穿着一种带有悲剧色彩的人道主义精神，这是以往的抒情诗所不及的。维庸致力于冲破中世纪的种种枷锁，对死亡、丑恶和梦的态度与现代诗人有共通之处，对现代诗影响很大。

16世纪初，法国诗坛仍处在中世纪的氛围下，追求华丽的词藻，马罗是16世纪第一个有突出成就的诗人，他深受后柏拉图主义思想和彼特拉克的影响，醉心于人文主义的个性解放和人性的复归，在诗中歌颂自然美和女性的肉体美。但他过于理性，对词汇和教规表现出极大的兴趣。马罗继承了中世纪的优秀传统，并以自己的创作实践和理论探索启发和影响了七星诗人及历代其他诗人，是个承前启后的过渡性诗人。

继马罗之后，法国诗坛出现了里昂诗派，其代表人物是塞夫和拉贝。里昂诗派的诗人们对科学和人道主义表现出极大的热情，作品大多以爱情为主题，虽仍有雕琢的痕迹，但思想已明显放开。塞夫的诗朦胧而优美，充满了神秘的色彩，其《黛丽》被当作是16世纪的一部奇诗。拉贝是在塞夫的影响下走上诗坛的，她在诗中大胆而热烈地歌颂爱情，反对压抑人的正常感情，要求个性解放，散发出人文主义精神。塞夫的象征和拉贝的抒情对以后的象征主义和浪漫主义诗歌都有相当大的影响。"里昂诗派"比大修辞学派和马罗更进了一步，标志着向七星诗社的过渡。

七星诗社是法国文艺复兴时期最主要的诗派，在法国诗歌史上起着十分重要的作用。以龙沙为首，后加入杜贝莱等人。龙沙是当时诗坛的泰斗，典型的宫廷诗人，也是法国近代第一个抒情诗人。他的诗以歌颂爱情为主，凄凉哀怨，忧郁低沉，技巧娴熟。他把彼特拉克体运用得炉火纯青，并从古典诗中引进了品达体和赞歌体，大大地丰富了法国诗歌的表现力，但作为一个宫廷诗人，他的诗有迎合宫廷贵族的倾向，题材有很大的局限性。杜贝莱的诗更接近社会，更具有个性。他在诗中揭示了下层人民的痛苦，表达了对乡村生活的向往，但同时流露出贵族阶级的闲情逸致。

七星诗社的最大贡献在于他们所推行和倡导的理论主张，以及他们在法国诗歌发展史上所起的作用。杜贝莱的《保护和发扬法兰西语》是法国文学史上第一部文艺批评论著，也是七星诗社的宣言。

17世纪是古典主义的天下，但在古典主义酝酿之初，法国还活跃着以雷尼埃为代表的讽刺诗人和以维奥、圣阿芒、爱尔弥特为首的巴洛克诗人。雷尼埃的讽刺诗其实是当时市民写实文学的分支，它继承了16世纪人文主义作家的传统，表现出一种乐观粗犷的精神，反映了普通市民的思想和趣味，真诚自然，大胆粗俗。

古典主义的重理轻情在一定程度上影响了抒情诗的发展，造成了18世纪法国诗坛的荒芜局面。整个18世纪，法国诗坛冷清，诗人稀少，很少佳作。但随着启蒙运动的深入，情感在诗中的地位也开始明显上升。首先在诗坛登台的是被称为"大卢梭"的让-巴蒂斯特·卢梭，他起初是一个古典主义诗人，支持和捍卫波瓦洛的文学主张。他的诗以神话和《圣经》为题材，大多都是在古典作品的基础上改写的。但他用新的手法来处理旧的题材，用传统的形式来表达新的思想内容，并注入了自己的感情。他在诗中所表现出来的或喜或忧的情感给当时理性主义甚嚣尘上的法国诗坛带来了一阵清风，19世纪的很多浪漫主义诗人都把他当作是自己的先驱。

18世纪的诗人写爱情诗的不多，写得好的更少，但帕尔尼是一个例外，他被当作是18世纪最重要的爱情诗人。他的爱情诗写得大胆热烈，真挚动人，对19世纪的浪漫主义诗人产生了一定的影响。拉马丁的《沉思集》中就有他的不少影子。帕尔尼也是法国文学史上的第一个散文诗人，给贝特朗和波德莱尔开辟了一条新的道路。

舍尼埃是18世纪最伟大的诗人，他主要从希腊、拉丁诗歌中汲取灵感，改写了许多古代神话和传说，并模仿荷马、维吉尔和萨弗写了不少诗。他抱有满腔的启蒙主义进步思想，一方面在诗中表现科学、自然和理性，另一方面又表现出强烈而真挚的个人情感，从而摆脱了理性主义。舍尼埃是一个承前启后的诗人，他在古典主义和浪漫主义之间架起了一座桥梁。

迈入19世纪，法国诗坛出现了前所未有的繁荣。19世纪的诗歌以波德莱尔为界，可分为前后两个阶段，前一阶段以浪漫主义为主，后一阶段流派较多。

拉马丁是法国最早的浪漫主义诗人，他的《沉思集》标志着法国浪漫主义诗歌的真正开始。作为浪漫主义诗人的先驱，拉马丁以其诚挚而纯朴的情感、新颖的主题和音韵开创了一代诗风，使法国诗坛摆脱了古典主义僵化的羁绊，进入了欣欣向荣的新天地。

拉马丁以哀歌见长，而与他同时代的维尼则以塑造孤傲坚忍的人物著称。这些人物很像拜伦式的英雄，但缺乏拜伦的叛逆性，而具有比拜伦更浓厚的贵族色彩。维尼在他们身上寄托了自己的意志、追求和理想，注入了自己的滚烫的热血和火一般的热情。维尼是浪漫主义诗人中最伟大的思想家，他以其孤傲冷峻的灵魂和充满激情、哲理和象征的诗篇给法国浪漫主义诗歌增添了异彩，也得到了巴那斯派和象征主义的推崇。

浪漫主义诗歌到了雨果手里有了较大的改观，它一反拉马丁的哀婉和维尼的悲观，代之以雄伟和悲壮的气势。如果说前期的浪漫主义诗歌带有消极颓废的色彩，雨果的诗则掀起了积极浪漫主义的浪潮。雨果和拉马丁一样，也热衷于政治，但拉马丁把政治当作是人生的一种表白，诗对他来说只是一种排愁解闷的发泄，而雨果却把诗当作是一种武器，他不但积极参加政治斗争，而且以诗来反映社会现实和政治斗争。他的诗是法国历史的写照，几乎涉及社会生活的各个方面，在抒情诗、讽刺诗和史诗等方面都达到了高峰。他不断跟随着时代前进的步伐，反映了法国将近半个世纪的政治和社会变化，成了法国浪漫主义诗歌的领袖。他的诗博大精深，雄浑奔放，色彩瑰丽，语言优美，并表现出一种人道主义的乐观精神。雨果相信人道主义的力量，认为良心高于一切，能战胜一切，所以他对生活抱有信心，感到乐观。

缪塞是浪漫主义社团中的一位年少才高的诗人，他感觉灵敏，才华横溢，被誉为是"浪漫主义的神童"。他追求享乐而易于失望，失望之后又作更热烈的追求。他把自己的喜怒哀乐全化为诗句。他的诗虽没有雨果的恢宏、维尼的深刻，但感情真挚，想象丰富，比其他浪漫主义诗人更注重诗句的完美。他与乔治·桑的恋爱失败后，写出了四首以夜为主题的诗歌，缠绵哀伤的"四夜"标志着缪塞抒情诗的最高峰，也是法国浪漫主义诗歌的经典。但缪塞笔下的人物与他本人一样，都患上了一种"世纪病"，多疑、风流、颓废、冷漠而玩世不恭。

浪漫主义诗歌是法国诗歌发展史上的一个高峰，但它过于强调感情，自我过于扩张，久而久之引起了人们的厌烦，人们转而渴盼准确、理智、现实和客观的诗歌，诗坛分化为两大支流：一是现实主义，一是唯美主义。唯美主义诗歌在法国以巴那斯派为代表，这派诗人以文艺女神缪斯所住的巴那斯山为己名，认为诗是非功利性的，具有独立的价值，要求诗人从主观抒情转为客观描摹，主张脱离社会现实，强调诗的形式美。戈蒂埃是唯美主义诗歌的奠基人，他在《莫班小姐》的序言中提出了"为艺术而艺术"的口号，促成了浪漫主义向唯美主义的转折，他的《艺术》一诗是巴那斯派的诗体宣言。戈蒂埃的诗形式精美，格律严谨，感情生硬，具有一种立体感和雕塑感，他的理论和实践为勒孔特·德·李勒开辟了道路。勒孔特·德·李勒是巴那斯派的理论家，他提出的"艺术非个人化、诗与科学联姻、追求完美诗艺"的主张，后来成了巴那斯派的纲领，他也理所当然地成了巴那斯派的领袖。尽管如此，他也无法完全实现自己的主张。他的诗表面上冷静严肃，但字里行间流露出种种复杂的感情和倾向，只是他力图把这些感情客观化，深藏在心底。李勒的诗线条明晰，风格冷静，表现出一种庄严的美，具有一种雕塑般的力度。他以古文化和大自然为主要题材，擅写热带动物，诗中带有一种异国情调。埃雷迪亚是巴那斯派的另一位重要诗人。他以历史和神话为题材，精雕细刻，营造出雕塑般刚劲有力的人物形象。他力图与时代和社会保持距离，竭力做到客观化和非个人化。普吕多姆是巴那斯诗人中抒情性较强的一位，有违巴那斯派所推行的"无动于衷"和"非个性化"。但他又紧扣科学和哲学，有些诗写得像科学散文，说教味很重。高培的诗也比较抒情，具有一种田园诗般的雅致和纯净，与李勒庄严冷静的风格刚好相反。

　　巴那斯派在很大程度上为现代诗派尤其是象征主义铺平了道路。象征主义诞生于19世纪七八十年代，在法国盛行了近半个世纪，在象征主义的浪潮中，法国诗坛出现了绚丽耀眼而又神奇的色彩。在世界诗歌史上，象征主义是可以与浪漫主义分庭抗礼的一个潮流，也是第一个现代诗派，20世纪的各派诗歌大都从象征主义衍变而来。

在法国，象征主义的先驱是奈瓦尔和波德莱尔，可在维尼和雨果的诗中已能找到其影子。波德莱尔则在《恶之花》中提出了象征主义的纲领，认为诗不是纯心灵的产物，而是与外界有一种特殊的关系，自然与人、人的各种感官直觉之间存在着隐秘的、内在的、彼此相应的关系。他在联觉世界中找到了鲜明而丰富的意象，为象征主义诗歌开辟了广阔的艺术天地，所以被当作是象征主义理所当然的先驱者。

法国的前期象征主义有魏尔伦、兰波和马拉美三大诗人。魏尔伦是在巴那斯的浪潮中走向诗坛的，初期的诗有轻灵感重形式的倾向，但诗中流露出来的忧郁和颓废却与波德莱尔相接近。他是把诗变成音乐的魔术师，是用文字谱写乐曲的创始人。他的诗虽然具有感伤的情调，但不像感伤主义那样直白，也不像浪漫主义那样夸张，而是用和声和半明半暗的色晕去衬托，去暗示。在他的诗中，往往捉摸不出什么意义，也没有什么哲理，但诗中散发出一种忧伤的旋律，具有一种神奇的魅力。

兰波是象征派诗人中的一名年轻的闯将，他写诗的时间很短，但留下了许多名诗。《醉舟》突破了传统诗歌的束缚，表现出一种强烈而奇幻的风格，诗中贯穿着狂热的追求，充满鲜艳的色彩和神奇的幻象。兰波不但以其诗歌理论和创作实践为象征主义开辟了道路，而且也因其大胆的创新和改革成为超现实主义和其他现代诗派所推崇的英雄。马拉美不像兰波那样激烈狂放，也不像魏尔伦那样放荡颓废，而是孜孜不倦地探索"纯诗"。他所谓的"纯诗"，就是摒除客观的叙事、抒情、写景和说理，用音乐和色彩唤起想象，以达到一种超度灵魂的极乐世界。他把诗看得宗教般神秘和神奇，主张大力表现梦幻，强调象征的暗示，故意割断诗中内在的逻辑联系，用一个形象唤起和暗示另一个形象，让读者一点一点去猜想。他的诗大多表现梦幻与追求，有超凡脱俗的意趣，其《牧神的午后》描写了一个如梦似真的境界，具有一种瞬间的美，宛若印象派的绘画。在《希罗狄亚德》中，他充分运用了他的"类推法"，晦涩难懂。

　　魏尔伦、兰波和马拉美的创作活动为法国象征派诗歌奠定了基础，他们把客观世界看作是主观世界的象征，表现了神秘主义的观点，但在具体的诗歌实践中，各人又显示各种不同的特点。魏尔伦把诗看作是通向奥秘感情和细微感官的直接表现，兰波把诗当作是不可知的世界的一种神奇手段，而马拉美则用诗去揭示事物背后的"绝对世界"。魏尔伦为了表现梦想的朦胧、宗教的神秘和奥秘的感受，从字音的功效的搭配方面去追求诗的音乐学，使诗歌更富有暗示力量；兰波在认识自我、认识不可知的世界时，表现出强烈而复杂的内心感受，充分运用"通感"手段揭示他的幻觉世界；而马拉美却追求神圣和神秘的美，为了制造朦胧迷离的境界，他运用意象和文字间的跳跃以及音乐式的结构来增强作品的表现力。前期象征主义发展至马拉美，其系统的理论和创作方法已经形成。

克洛岱尔是后期象征派的代表诗人之一，也是一位宗教哲理诗人，写过许多宗教题材的诗剧和抒情诗。他一方面沉浸在天主教文化传统中，另一方面又深受东方文化的影响，曾在日本和中国工作过相当长一段时间。在诗风上，他师承兰波，以兰波式的宏大魄力命名万物，用自由的语言把自己纷飞的感觉和感受记录下来，向人们揭示了一个空灵的世界。他成功地创造了一种新诗体——克洛岱尔体，并以此写下了后期象征派的重要作品之一《颂歌》。

瓦雷里不像克洛岱尔那样周游列国，结识东方，而是漫游和结识心灵之国。他提出了"纯诗"的主张，认为诗的灵魂在于智慧而不在情感，而智慧又非通常的语言所能表达，因为它们来自纯粹的直觉。从这种直觉提炼成纯粹的思想，从这种思想产生纯粹的诗歌。由此可见，他的纯诗是超现实的，也是非功利的。瓦雷里继承了马拉美的语言崇拜和诗艺，但没有陷入马拉美的艺术宗教；他摆脱了马拉美为诗而诗的倾向，集中精力探索心智活动，探索思想在下意识和意识之间萌生的过程。他的诗结合了感性的印象和抽象的思考，沟通了意识层次和非理性层次，在某种程度上恢复了法国诗的理性传统，故有"理性神秘主义之称"。与克洛岱尔散文诗相反，瓦雷里的诗格律严谨，十分强调形式，非常注意语言的提炼、题材的选择和形象的搭配。《海滨墓园》是他这些理论的具体运用。这部长诗充满了思辨性和神秘性，具有多层次的复式结构，是瓦雷里的代表之作。

后期象征主义恢复和继承了前期象征主义的传统，但由于受到世界大战的影响，传统价值观念的崩溃更为明显，思辨性质也大大地得到了加强。诗人们致力于追求理性和非理性、智力与感觉的复合。在法国，后期象征主义是20世纪的第一个现代诗派，也是其他诗派的基础，在它的影响下，法国出现了以阿波里奈尔为代表的立体未来主义和以布勒东等人为首的超现实主义。

未来派是一个席卷欧洲的文艺派别，阿波里奈尔把这种多视角、反模仿的创作方法引进诗歌领域，发表了未来派宣言，树起了未来主义的旗帜，他把这种创作方法与立体主义结合在一起，创造了立体未来主义，并在诗歌形式上加以表现，其图像诗就是他创新的产物。阿波里奈尔是法国先锋派诗歌的开创者，也是20世纪法国最大的诗人之一，他的理论和创作给超现实主义以极大的启发，被超现实主义奉为先驱。

超现实主义是西方现代派文学中规模最大、影响最深的流派之一，其前身是达达主义。达达派是查拉等人1916年在苏黎世创办的，否定一切，破坏一切，充满了虚无主义思想。1920年，查拉来到巴黎，与正在进行集体创作活动的布勒东、阿拉贡和苏波等人组成了法国的达达主义组织，后来布勒东把它改建成超现实主义组织。

阿拉贡是超现实主义的创始人之一，但他在政治斗争和社会动荡中呈现出多变的面孔，与超现实主义几度离聚。他的诗不像布勒东那样晦涩和消沉，反而具有一种宽宏和抒情。

艾吕雅的诗与阿拉贡比较接近，热情执着，直抒胸臆，但更加自然，更加纯真。他以乐观的精神歌颂爱情，抛弃华丽的辞藻和肤浅的抒情，深入到非理性的王国而又使情欲升华，达到了意识和非意识的统一、灵与肉的和谐。他是超现实主义的元老之一，不少作品被当作是超现实主义的杰作。第二次世界大战中，他走出个人的艺术小天地，投身于社会政治斗争的洪流。

超现实主义和象征主义一样，影响是极其深远的，20世纪的法国诗人很多都受到过象征主义和超现实主义这两大流派的影响。

被誉为20世纪法国诗坛"启明星"的雷尼埃，集象征主义、巴那斯主义的某些特点为一体，诗写得典雅绮丽，形式完美；图莱虽不属任何派别，但他兼有魏尔伦的音律感和超现实主义的幻觉，而且还有艾雷迪亚的那种小古玩式的精美；苏佩维埃尔则追求一种简单明洁的风格，写自己内心对宇宙空间的观照，他描绘了一个人类和动物的寓言世界，给以后的阿兰·博斯凯以极大的启发。

本书由飞白翻译，伟川补充。由于版权关系，20世纪下半叶的许多诗人都没能收入；有些重要诗人的长诗则因篇幅所限而割爱。

2014年7月

MOYEN AÊGE

中 世 纪

（1230~1285）

吕特博夫

  吕特博夫（*Rutebeuf*）是法国中世纪第一个杰出的抒情诗人，他以其丰富的作品和多变的风格在中世纪诗坛上独树一帜。

  吕特博夫身世不详，可能是香槟人，后在巴黎被人收养。"吕特博夫"这个名字是他自己起的，在法语中，"吕特"（*Rute*）的拼法接近"粗鲁"、"壮实"（*Rude*），"博夫"（*beuf*）则是"牛"的意思。这个名字本身就反映了吕特博夫的一种追求。他的诗不媚俗，不矫情，像牛一样沉重、朴实、坚韧。他厌恶艳情诗的文雅做作和空洞浮夸，向往英雄史诗的崇高悲壮和十字军的勇猛顽强。

  吕特博夫一生都生活在贫困和疾病之中。由于缺乏谋生技能，本身又有许多恶习，他长期找不到工作，只好投靠权贵和富人，替他们写诗，供他们取乐。为了取悦主人，他不得不写些违心的诗，说些违心的话，这就决定了他的诗庞杂而缺乏个性。但吕特博夫写得最好、流传最广的是一些反映自己悲惨命运的诗篇。这些诗情真意切，充满了现实主义精神，客观、真实地反映了诗人的苦恼失望之情和艰难的生活处境。吕特博夫是第一个真正把诗带回到现实生活中的诗人，他在诗中抒发自己的切身感受，而不再去凭空想象或在古书堆中剪辑。他把诗从高不可及的圣坛上拉下来，让它为普通人服务。他的诗朴素、平实，句式灵活多变，便于记忆和上口，容易被普通民众所接受。

除了诉说自己的贫困以外，吕特博夫还在诗中对托坛修会表示了极大的愤慨，该教会打着"严肃律己"的幌子，要求人民勒紧腰带，自己却花天酒地，干着偷鸡摸狗的勾当。吕特博夫用讽刺的形式揭露了他们的虚伪和狰狞，感叹自己的命运，揭露宗教的虚伪，这两点贯穿了他的全部作品，其艺术成就最高的诗也就在这两部分。

吕特博夫之怨

（节选）

……上帝一下子夺走了我

拥有的一切，让我与约伯①

　　两人为伍。

那只以前看得见的眼睛

现在已再也看不清

　　前面的路：

这是多么巨大的痛苦，

对那只眼来说，正午

　　也漆黑一团。②

如今，我要什么没什么，

满心哀愁，痛苦地坠入

　　失望的深渊；

多么渴望像过去那般

有个好心人大慈大善

　　伸出双手

把我从深渊中拯救，

---

① 据《圣经》记载，约伯极为富有，并且具有忍耐精神。神为了试他，夺去了他的全部财产及女儿，但他却忍受下来了。

② 吕特博夫因贫困多病而造成一只眼睛失明。

残疾让我难受，

使我忧郁，

不知道怎样活下去，

也得不到任何乐趣，

这就是我的惨状。

也许是我过去太放荡；

以后不能再那么张狂；

理智一些，

坏事恶习一定要杜绝，

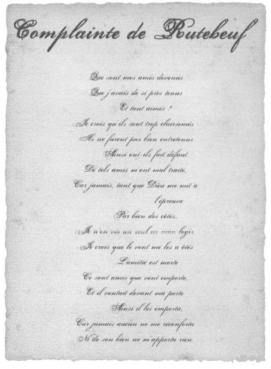

《吕特博夫之怨》法文原诗

有何用？我已受害，一切
　　都已太晚。
太晚了，看见了险情
却已掉入陷阱。

　　上帝啊苍天，
你为我们受苦担惊，明年
保佑我精神正常身体康健，
　　拯救我灵魂。
我的小儿子刚刚出生，
　马却被围栏撞伤，
　　断了大腿；
奶妈天天跟在后面逼债，
纠缠我，敲诈我，因为
　　她奶了孩子。

不给钱，她会大闹一气。
但愿让孩子降生的上帝
　　给他财富，
给他以生存所需的食物，
也减轻减轻我的重负，
　　使我能够
不让孩子受苦难受，
也免得自己天天发愁，
　　像现在这样。
　　我一想起来就沮丧，

因为家里空空荡荡，

柴没一捆，

叫我如何过冬抗寒？

没有一个人会这样惨，

无能如我，

我从未这样短缺过，

房东来要钱，说：

"快付租金。"

家当已全部卖尽，

身上甚至没有背心

抵御寒冷。

这痛苦我实在难忍，

连我的诗也都发生

巨大变化……

圣地怨

（节选）

皇帝、国王、伯爵、公爵和王子，

各种各样的信徒故事，

人们都讲给你们听，

以帮你们打发光阴，

为了神圣的教会，教徒们蹈火赴汤。

现在，告诉我，你们的天堂

建立在什么上面。

上了天堂的古人，曾在人间

忍受痛苦，蒙受牺牲，

任肉体遭罪以求永生。

你们一定听过这些故事。

如今，上帝来寻找你们，

伸出沾满鲜血的手臂，

他为你们扑灭了

地狱和炼狱的恶火。

让历史重新写过！

要一心为上帝服务，

因为他已给你们指出

A.杜雷 作

通往圣地的路，痛心啊！
人们在上面乱踩乱踏。
为此，你们应该准备
奋力保护和拼死夺回
希望之乡，它正遭难。
如果上帝不去救援，
不立即伸出保护之手，
那乐土啊，将会被丢。

请记住，上帝啊圣父，
为了体验死亡的痛苦
把儿子送到了尘世。
他曾生活过的大地
如今一片悲哀，难过。
我不知为何要对你啰唆，
谁要对此袖手旁观，
说此事与他不相干，
我将把他看得不值一钱，
不管他，多诈多奸；
我将日夜说个不停：
"闪闪发光物，未必全是金。"

法兰西的国王们啊！
法律、信念和信仰

几乎都将危在旦夕。

我瞒你们又是何必?

你们,还有鲍狄埃伯爵,

团结所有别的男爵,

快行动起来,抢救它们!

大人啊,不要等到灵魂

被死神抓住才动手,

而要让,上帝保佑,

想上天堂的人现在就干⋯⋯

（1344~1404）

德　尚

　　14世纪没有诞生吕特博夫那样的大诗人，也没有《玫瑰传奇》那样不朽的名著，但厄斯塔什·德尚（Eustache Deschamps）却是该时期不得不提的一位诗人。德尚也是显贵出身，曾得到诗人纪约姆·马肖的指点，潜心研究过"七艺"和法律，是当时颇有影响的宫廷诗人。

　　德尚性格开朗，为人幽默，深得查理六世欢心。他曾任国王随从，又当过马厩总管、武器总管、大法官和河流森林大臣。他表现出杰出的军事和外交才能，所以经常陪伴国王巡视战场，并屡次接受秘密任务，充当外交使节。

　　然而，正当他春风得意之时，灾祸接连降临到了他的头上。他的婚姻美满幸福，但婚后第3年妻子就便离开了人世。他本人又健康欠佳，经常犯病，而且，家中突然遭劫并发生火灾。生活的失意和宫中的倾轧使他离开了国王。尽管他的保护人奥尔良公爵仍扶持他，给他以新的职位，但他年岁已大，与周围的人关系也处理得不好，最后知难而退，隐居乡间。

德尚以多产而著称，但一生忙忙碌碌，生前并无时间整理出版诗作，直到死后，诗才陆续问世，全集竟达11册。德尚的诗不但数量多，而且形式多样，风格多变。他既写通俗诙谐的讽喻诗，也写庄严博学的格言诗；既描写日常生活，抨击宫中的腐败，又常有可供当权者借鉴的"醒世"诗，所以在上下各阶层都有许多读者。

在诗歌的音韵和格律方面德尚也率先革新。他追求音乐的自然，发明多种节奏，格律非常讲究，但在句法上又显得轻松活泼，常常在叙述中抒情，在抒情中叙述。他的诗充满哲理，反映出作者广博的知识和敏锐的观察力。比尚对他推崇备至。

德尚对诗歌的贡献在于他修正了抒情诗的陈旧观念，丰富了抒情诗的表现形式和表达手法，开辟了一条与奥尔良和维庸方向不同的道路。他是新一代宫廷诗人的启蒙者和开创者，也是文艺复兴时期修辞学派和科学诗的先驱。

回 旋 曲

虱子、臭气、脏猪、跳蚤，
流浪汉就是这般，
面包、咸鱼、酷寒，

烂菜、韭菜、黑椒，
熏肉，坚硬灰暗，
虱子、臭气、脏猪、跳蚤。

二十个人两个盘无勺，

啤酒又苦又酸，

黑屋、稻草、垃圾，睡难。

虱子、臭气、脏猪、跳蚤，

流浪汉就是这般，

面包、咸鱼、酷寒。

谣　曲

挚爱者，难有安宁，

因为总怕失去爱情，

他浑身颤抖，

心中惶恐，

又怕又怨，不得安宁。

这就是男女之爱：

老是互相侦查，到处探听。

没有妒忌就没有爱。

所以，不该说妒忌的坏话，

不要说它又老又贪又虚伪，

不要人云亦云，疯子才伤它；

如果它孤傲不忠，阳奉阴违，

爱情早被它整个儿摧毁；
它陪伴左右，是为了帮助爱，
它是爱情的盾牌、佣人和警卫。
没有妒忌就没有爱。

假爱者，与妒忌无缘。
他对所恨之人不起疑心；
其实，爱情被妒忌包含，
男女猜疑，恰好表明
你得到了真正的爱情。
妒忌永远与恨无缘，
所以，别抛离妒忌。
没有妒忌就绝没有爱。

谣　曲

假如整个天空布满金箔，
空气中都是耀眼的纯银；
假如所有的风都携满珠帛，
每一滴海水都是弗洛林[1]；
财富、荣誉、金钱和欢欣

---

① 古代佛罗伦萨金币名，后许多国家曾仿造。

像雨一般日夜下个不停；

当人人都披金挂银，

大地也被财宝淹没压沉，

只有我——裸立风中被雨淋，

从无一滴金银落我身。

我还可以再告诉你，

更糟的是，假如莱茵河被瓜分，

我虽在场——可就那么晦气，

得不到一条小鱼，一个钢镚。

我好像与施主永无缘分：

财富避我走，坏事老登门；

如果我需要什么，我往往

需出高价，这是万确千真。

纵然好事如雨自天降，

从无一滴落我身。

假如我失去什么，总失得彻底，

当我要求什么，总难以得到；

假如我行善，天下无人知，

要是我犯错，大家全知道。

我永远像马丹，一袍一帽，

谁都认识他，一个面包一头汗，

岁月荏苒，他感到痛苦难熬，

因为这么多人当中数他最惨。
我就是那可怜虫，即使天上下香料，
从无一块落我身。

君主们啊，贫富全靠运，我
喜欢好运，憎恨厄运，
因为，财富如雨空中落，
从无一滴落我身。

(1364~1431)

比　尚

　　克里斯蒂娜·德·比尚（*Christine de Pisan*）是中世纪杰出的女诗人，被誉为是"真正的女才子"、"中世纪一流文人"。

　　比尚从小在宫中长大，父亲是查理五世的占星家，她本人又嫁给了王室公证人，所以与王宫关系密切。但她20岁便成了寡妇，一个人要拉扯大三个孩子也的确不易，因此她虽然生活在宫中，生活却相当清苦，而她又是那种富有个性、不愿接受施舍的女强人，她要靠自己的劳动养活全家，于是她以文为生，写诗卖钱。

　　比尚的诗数量极多，但多而不滥，这是她了不起的地方之一。由于要根据别人的口味和要求作诗，她的诗内容广泛，涉及面广，但无论哪类诗，她都注入自己的真情实感，并且在艺术上力求完善。虽然她采用的还是当时宫中盛行的贵族诗体，但她懂得如何去处理和驾驭这种诗歌语言和诗歌形式以求得新意。她在保留旧诗体的结构和格律的前提下，大胆革新和尝试，采用断句、跨行等手段来加强诗歌的艺术效果。

比尚以博学多才而著称，她的诗充满了哲学意味。她在诗中探索道德的力量，寻找医治人类创伤的良方。自身的处境和遭遇使她对社会问题特别敏感，她以积极的态度入世，以诗为武器，揭露战争的荒谬与罪恶，呼吁人们停止战争。她还是一位"女权主义者"，勇敢地对权威之作《玫瑰传奇》提出责难，批评墨恩蔑视妇女的态度。

比尚的诗具有时代感和社会性，并带有一种令人爱怜的哀伤，这种哀伤不是装出来的，而是从一个孤苦伶仃的单身女人内心散发出来的。她以女性特有的细腻去处理和表现内心的感性生活，哀婉动人。她的哲理道德诗给统治者和上层贵族提供治国安邦的思路，她的抒情诗反映普通民众的生活疾苦和感情历程，所以在上下层都有广泛的读者，使她成为当时最受欢迎的诗人之一。

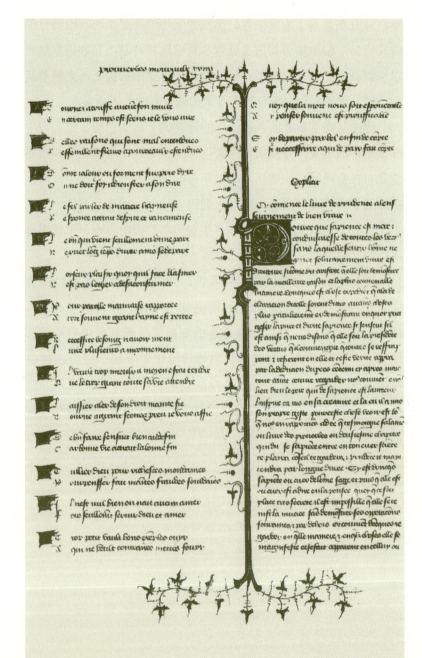

回 旋 诗

泪之泉，苦涩的海，
哀伤的河，悲愁的溪，
它们包围着我，淹没了我
可怜的心，它满是悲哀。

我深陷于不幸和伤悲：
内心流着（比塞纳河还急）
泪之泉，苦涩的海。

命运的狂风刮起巨浪，
扑面而来，劈头盖脑，
压得我直不起腰。
恶狠狠地向我压来，
泪之泉，苦涩的海。

回 旋 诗

如果我常去教堂，
那是为了看美人，
她像初开的玫瑰，鲜艳异常。

这有什么好说，真是浪费时光。
怎么会有这么多流言产生，
如果我经常去教堂。

我走大路，闯小巷，
全是为了看美人，
只有傻子说我蠢，
如果我经常去教堂。

谣　曲

五月里万物欢欣，

似乎只有我可怜兮兮，

远去了，爱情，

我只好低声叹息。

这爱情最美最甜蜜，

如今却遥远难求。

啊，快回来吧，我的朋友。

甜蜜的五月处处绿茵，
让我们去嫩绿的草地嬉戏，
那里有云雀和夜莺，
它们唱得那么欢欣。
你知道在何处。我再次
真诚地求你："朋友，
啊，快回来吧，我的朋友。"

因为，在这个月里，爱情
常有所获，这是它的丰收之季。
每一个情人都理应
让伴侣欢欢喜喜，
而不该有半刻一时
（我觉得）孤单忧愁，
啊，回来吧，我的朋友。

我爱你爱得心裂血流，
啊，回来吧，我的朋友。

谣 曲

当我看见这些情人
互相之间显得那样
卿卿我我，密不可分，
含情脉脉地对视，
开怀地笑，管自己逛，
不把别人放在眼里，
我的心啊差点要裂。

因为，由于他们，
我想起了心中的情郎。
我离不开他，渴盼
他能来到我的身旁；
可亲爱温柔的情郎
如此遥远，我悲伤，
我的心啊差点要裂。

我委靡不振，
深陷这巨大的哀伤，
悲叹一声接着一声，

直至他回到我的身旁，
给我带来欢乐的情郎。
可伤心的痛苦步步紧逼，
我的心啊差点要裂。

上天啊，我无法不声不响，
看见别人成对成双，
互相带来欢乐和欣喜，
我的心啊差点要裂。

(1394~1465)

奥尔良

　　夏尔·德·奥尔良（*Charles D'Orléans*）是查理六世的侄儿。由于父亲路易·奥尔良公爵被杀，他从小就有为家族复仇的念头。他英勇善战，以骑士的身份东征西讨，但阿辛古一仗他被英军打得大败，成了俘虏，从此一关二十五年。1440年他被重金赎出，但此时他已年近半百，青春尽逝。出狱后他不闻世事，不问政治，隐居在他的布鲁瓦的城堡中，他在那儿搞了一个文化沙龙，广收文人骚客，吟诗作文，切磋诗艺，设擂台，搞竞赛，忙得不亦乐乎。沙龙里既有贵族文人，也有像维庸那样的落魄诗人。但奥尔良不分高低贵贱，不论年龄大小，一律以诗文取之。许多年轻的未名诗人在这个沙龙里崭露头角，得到表现的机会。维庸就是其中的一个。

作为一个富裕而有后台的贵族诗人，奥尔良无衣食之虞，成天以诗为乐，把写诗当作是生活的一个组成部分。他认真地研究诗艺，精雕细刻，咬文嚼字，可以说是在"玩"诗。他的诗具有唯美倾向，精致典雅，被誉为是真正的艺术精品。长期的囹圄生活使奥尔良产生了一种悟性，这种悟性不仅使他得以坦然地面对人生，而且使他以大家风范去把握和处理传统的诗歌。他的诗严谨中不失灵活，刻板中有变化，他以奇特的比喻和类似"我渴死在泉边"、"我在火炉旁冻得发抖"这种似乎自相矛盾的诗句来丰富诗的语言，使诗变得更加轻灵。他把人类的种种复杂感情加以具象化，建立了一个寓言世界。在这个世界中，"蔑视"、"忧虑"、"欲望"、"忧郁"都成了有生命的东西，而"我"则无处不在。"我"既是幕后操纵者，又经常跳出来登台表演；"我"既是观察者，也是安慰者和劝告者；"我"是智慧的象征，也是爱情的化身。

奥尔良在诗中歌颂自然美，歌颂爱情的甜蜜和痛苦，但无论他的哪类诗，都流露出一种忧郁的情调。这种忧郁是耗尽了他三分之一生命的狱中生活所造成的。他在狱中苦苦思念远方的祖国，出狱后又发现青春不再，所以这种惆怅和忧郁一直没有离开过他。但奥尔良又是个洒脱之人，他有着看破红尘的幽默，知道如何战胜忧郁。他有医治"忧郁"的特效药，那就是"无动于衷"或"漫不经心"。他在诗中说："让我的医生，漫不经心，这最好的医生给我导航。"这是一种快乐机智的漫不经心，能帮助诗人忍受痛苦，忘却烦恼。

奥尔良以其完美的诗艺和灵活多变的诗风而成为中世纪末最伟大的诗人之一。他与维庸是中世纪末法国诗坛上的两颗明珠。

中世纪

奥尔良手迹

歌

我决不要出于礼貌
或由于风俗和习惯
而勉强施予的一吻：
这种吻不少人都抢着要。

可这种吻要多少有多少，
便宜方便，源源不断。
我决不要这样的吻，
假如它的给予仅出于礼貌。

你可知道什么吻珍贵？
偷偷的吻，由于喜欢；
所有别的吻，毫无疑问
都是为了欢迎陌生人。
我决不要这样的吻。

谣　曲

我的心啊，忧郁悲哀，

你已沉睡得太久太长，

今天，你能不能醒来，

我们同去收获五月，前往

那片森林，一如既往。

我们听见

鸟儿在林中鸣唱，

这五月里的第一天。

爱神已习惯，总是在

这一天大讲排场，

设盛宴款待

情人的心，心儿渴望

为它服务。所以它让

鲜花满树，碧野无边，

把盛宴点缀得更为漂亮，

这五月里的第一天。

心啊，我很明白
假装蔑视让你很悲伤，
因为它使你远远离开
你渴望的那个姑娘，
所以你得寻求欢畅。
我不能给你更好的意见，
以减轻你的悲哀忧伤，
这五月里的第一天。

夫人啊，只有你我念念不忘，
这折磨着我的心的哀伤。
这几个月我可没有时间
（的确是真的）跟你讲，
这五月里的第一天。

谣　曲

爱的炎热常常光临，
穿过我眼睛的窗，
如今我已年近七旬，
为了让我的思想之房
能在夏季保持清凉，
我将把窗关上，以免
白天的炎热入屋进房，
在我打开窗户之前。

同样，在雾雪蔽目遮睛、
风雨交加的冬天，常常
有爱情之气，带菌带病
穿窗入户，进屋进房；
我得把所有破口堵上，
免得心遭风刀霜剑；
天空将已明朗放亮，
在我打开窗户之前。

从此，我让我的心
待在卫生安全的地方，
让我的医生不用担心，
最好的医生给我导航；
如果爱情来敲门叩窗，
想接近我的心，首先
得给我安全与保障，
在我打开窗户之前。

爱情啊，你曾经
随意来敲击我的心；
现在我已把住所修建，
固若金汤，无人能进，
在我打开窗户之前。

回 旋 曲

走远点，走开，走开，
焦虑，烦恼，忧愁！
别以为江山依旧，
你们便能永远把我支配！

告诉你们，这将永远不再：
理智将把你们赶走，
走远点，走开，走开！

如果你们胆敢回来，
带着那帮狐朋狗友，
那我就让上帝诅咒
你们和你们的幕后。

Villon

（1431～1463）

维　庸

　　弗朗索瓦·维庸（*François Villon*）法国中
世纪最杰出的抒情诗人。他继承了13世纪市
民文学的现实主义传统，一扫贵族骑士抒情
诗的典雅趣味，是市民抒情诗的主要代表。

　　维庸生于巴黎，早年丧父，被一个名叫
纪约姆·维庸的教士收养，以后便从了养父
的姓。维庸受过高等教育，获得过文学学士
学位，但他生活的时期正值英法百年战争，
政局动荡不安，社会风气败坏，维庸染上了
恶习，酗酒闹事，打架偷盗。1445年他因命
案逃离巴黎，次年遇赦，不久又因盗窃案再
次逃亡，临行前写下《小遗言集》，以玩世
不恭的口吻讥讽和嘲笑权贵僧侣。

　　写完《小遗言集》后，维庸在外漂泊数
年，其间多次犯案，曾被判死刑，后减为流

放，1461年作《大遗言集》，这是维庸的代表作，全诗由八行诗组成，其中还插入了一些谣曲和长短歌。该诗集抒情、讽刺和哲理为一体，真实而完整地袒露了作者的内在思想感情。在名篇《歌昔日女子》中，他列举了许多贵妇美女的名字，她们生前享不尽的荣华富贵，但到头来还不都化为一堆尸骨。维庸强烈地感到世间的不平和人间的不公，让死神这个谁也摆脱不了的阴影来替天行道，从而表达了他渴望人间平等的愿望。

《大遗言集》带有某些神奇的象征色彩，这种象征意义不仅表现在词汇和意象上，而且也表现在诗的结构形式上。该诗集风格多变，各部分相对独立，有的欢快，有的严肃，有的轻松诙谐，有的沉重压抑，现实与想象相结合，粗俗与精细相融合，语言则朴素无华。《大遗言集》集中体现了维庸的抒情风格，奠定了他在文学史上的地位。

维庸的诗典型地反映出市民文学的特点：集抒情、讽刺、哀伤和机趣为一体，感情真挚而又不受拘束。他既描写身边的日常生活，又抒写爱情、青春和梦想，而死亡的阴影则时刻笼罩着他的诗。他有时也玩弄文字游戏，用粗俗的语言表现真情实感，致力于冲破中世纪的种种枷锁。同时，作为市民知识分子，维庸又善于刻画人物心理。他的许多诗都带有悲伤的情调和受压抑的痕迹，这不仅反映出诗人坎坷的生平，也在一定程度上折射出社会的动荡不安。在宫廷诗人用满纸艳词奉承贵妇人时，维庸能在诗中描写和歌颂下等人，这不能不说是一个重要的突破。

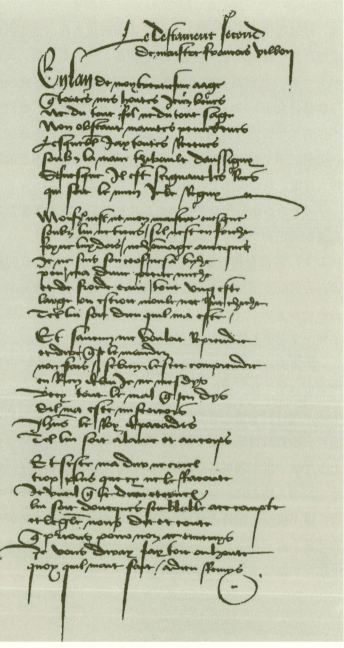

维庸《大遗言集》手迹

美丽的制盔女

我恍惚觉得我听见
旧日的美人——制盔女①
徒然在把青春呼唤，
哀叹着年华的逝去：
"衰老啊！你残酷而阴郁，
为什么这么早击倒了我？
是什么不让我立即死去，
一刀就结束这种折磨？

你剥夺了我至上的魅力，
它使得教士、执事和商贩
无不倾倒于我的美丽，
当时凡是父母生的儿男
谁都愿为我倾家荡产，
毫不顾及后悔和烦恼。
他们求之于我的，到今天

雕像《美丽的制盔女》 罗丹作

---

① 法语原文 *haumière* 是"制盔者"（中古时代盛行的一种手工业）的女性名词，亦可泛指制盔人家的女子。美丽的制盔女应实有其人。

白送给乞丐也遭嗤笑！

我把许多男子一一拒绝。
（你们瞧我有多么傻！）
却爱上了一个奸诈的冤孽，
把无限柔情全献给了他。
尽管我对别人把手腕耍，
我对他可是一片真心！
他对我呢，却粗暴践踏，
他爱的仅仅是我的金银。

尽管他蹂躏我虐待我，
我对他的爱情依然如故；
哪怕他叫我做苦力活，
只要叫我吻他，只要他吩咐，
我就忘掉了一身痛楚，
只求这恶贼的一点体贴……
他给了我什么好处？
到如今只剩下耻辱和罪孽。

他死去已经三十年岁月，
而我活着，变了白发婆婆。
每当我追忆往昔的欢悦，
对比当年的我和今日的我，

每当我看见自己全身赤裸，
看见我的身体已经变形，
可怜，枯萎，瘦小，皱缩，
我觉得我马上就要发疯。

哪儿去了，那额头洁白晶莹，
那金发灿烂，那双眉弯弯？
哪儿去了，那宽敞的眼睛[1]，
那无人能抵御的顾盼？
还有笔直的鼻子匀称好看，
优美的耳朵小巧玲珑，
下巴的酒窝，面颊的曲线，
还有那嘴唇甜美、艳红？

哪儿去了，双肩雅致纤细，
美丽的手，修长的臂膀，
还有娇小的双乳耸起，
挺拔的腰股丰满、修长，
正适合做爱的竞技场；
而在宽广的腰股之间
有神秘而迷人的力量
隐藏在这座微小的花园？

---

① 原文 *grant entroeil* 本来指的是双眼的间距宽敞，这在当时是美人的标准，大概有点像奈良美智所画的梦游娃娃吧。因中译文不便表达，只得将就译为"宽敞的眼睛"。

啊，额头起了皱，金发已灰白，
眉毛已脱尽，眼睛已昏昧，
失去了顾盼传情的神采，
这曾经使多少人心醉！
鼻子勾了，失去了优美，
耳朵下垂，盖着苔藓层层，
下巴起皱，面颊色如死灰，
而嘴唇犹如皮革制成。

人的美，就这样告终！
背已驼了，双肩已佝偻，
玉臂僵缩，手挛缩成爪形，
双乳呢？干瘪到一无所有，
腰股也与乳房一样干瘦，
迷人的宝藏啊，全然凋残！
玉腿萎缩得那么丑陋，
像腊肠似的污迹斑斑……

我们就这样哀叹着往昔，
几个老妇人，呆傻，憔悴，
瑟缩着蹲在秋风里，
侬偎着幽暗的火堆——
一把麻秆刚燃起光辉，
顷刻之间已经烧完。

啊，我们曾是那么娇美！

但这条路啊，谁人能免？"……

《绞刑犯谣曲》插图

歌昔日女子

告诉我，罗马美女弗罗拉，

泰依丝和她的堂妹

漂亮的阿尔西比雅①，

她们如今安在？

还有厄科②，她的美

人间难觅，她在河塘上

发出回声，阵阵传来。

去年的雪啊今在何方？

博学的爱洛绮丝③在哪里？

为了她，皮埃尔·阿贝拉④

去势后进圣德尼⑤当了修士，

他惨遭不幸，只因为爱她。

---

① 弗罗拉、泰依丝和阿尔西比雅都是古希腊罗马的美女。

② 厄科是希腊神话中的山林水泉女神，因爱恋美少年那喀索斯遭到拒绝而憔悴至
死，森林河塘中只留下她叹息的声音，成为回声。

③ 爱洛绮丝（1101—1164），阿贝拉的学生，她爱上了阿贝拉，并与阿贝拉结婚，后
又分开。

④ 皮埃尔·阿贝拉（1079—1142），法国经院神学家和哲学家。

⑤ 圣德尼，法国著名的修道院所在地，在巴黎北部。

那个王后，现又在哪？

她曾下令把布里当[1]

装入麻袋抛进塞纳[2]。

去年的雪啊今在何方？

白朗丝王后[3]，美如百合，

她的歌声动听迷人，

比特里[4]，阿丽丝[5]，大脚贝特[6]，

阿朗布吉[7]，她曾占有曼恩，

洛林的贞德[8]，英勇的象征，

她被英国人烧死在鲁昂；

圣母，何处能再找到她们？

去年的雪啊今在何方？

君王啊，如这副歌您已记不起来，

那么，本周，今年，

您都别问她们安在：

去年的雪啊今在何方？

---

[1] 布里当（1300—1360），巴黎一间大学的学者。诗中提到的王后指路易十世的妻子玛格丽特·德·勃艮第。

[2] 指塞纳河。

[3] 疑为圣·路易的母亲白朗丝·德·卡斯蒂耶。

[4] 比特里即贝阿特里丝·德·普罗旺斯。

[5] 阿丽丝，路易七世的妻子阿丽克丝·德·香槟。

[6] 大脚贝特，查理大帝的母亲，武功歌中的女主人公。

[7] 阿朗布吉，曼恩伯爵的女儿。

[8] 贞德（1412—1431），法国女英雄，在英法百年战争中抗战英军，被英军烧死。

XVIe
SIÈCLE

十六世纪

(1496～1544)

马 罗

克莱芒·马罗（*Clément Marot*）是个承前启后的过渡性诗人，他继承了中世纪的优秀传统，又以自己的创作实践和理论探索，启发和影响了七星诗人及后代其他诗人。

马罗从小就在父亲指导下读书写诗，后来又得到名诗人的指点。他以翻译古罗马诗歌步入诗坛，入宫当侍从后，他一边苦读一边写诗献给国王及王室成员，由此而博得国王的欢心。马罗前期的诗深受韵律家的影响，精巧典雅，格律严谨，但日后机趣幽默的风格此时已现端倪。他善于把自己的不幸和痛苦编成故事入诗，揶揄嘲讽自己，以此取悦权贵，同时，他也以诗作为武器，抨击和讽刺抓他判他的法官和司法机构，揭露司法黑幕。他往往把谴责司法当局和颂扬王室的神明结合在一起，既巧妙地奉承了王室，又掩饰了攻击和讽刺。

马罗所处的时代，正是人文主义思想萌芽时期，马罗虽然生活在宫中，却醉心于人文主义的个性解放和人性复归，支持和接受刚刚诞生的新教，这就使他在保守势力极其顽固的宫中到处受排挤和诬陷。他多次出逃，流浪国外。1534年他再次受迫害逃到意大利，接触了一批写十四行诗的诗人，便学着用这种诗歌形式歌颂自然和女性的肉体之美。同时，他还以日常生活入诗，在诗中反映社会的动荡和时代的变迁，力求把诗写得平易近人，真实地反映普通人民的喜怒哀乐，并坦诚地暴露自己的软弱和缺陷，努力塑造出一个真实的自我。正因为如此，他的诗极具魅力，拥有很多读者。

马罗的成功在于他不是循规蹈矩地当他的宫廷诗人，而是勇敢地面对社会，面对生活，并在诗艺上不断进行探讨和摸索。他在韵律家的指导和宫廷诗的熏陶下走上诗坛，从行吟诗人那儿汲取营养，强调用词的准确和表达的简练，诗歌语言简朴而灵活多变，形象生动而很少用夸张比喻之类的修辞手法。他善于调动语言本身的力量来加强诗的魅力，诗写得平易而不单调，实在而不死板。他有着哲学家的庄重外表，举手投足却散发出充满灵气的机趣和幽默。七星诗人赞其自然，古典主义爱其诙谐。他创造了书简诗、杂诗等新的诗歌形式，他根据《圣经》改编的圣诗受到高度评价，被新教用作祈祷词。杜贝莱从他那儿汲取了灵感；龙沙不但直接借用他的诗句诗题，甚至还模仿和照搬他的诗歌式样，其颂歌就是借鉴马罗的抒情诗和圣诗发展而来的。波瓦洛曾这样评价马罗："他找到了写诗的新路。"

CLE PREMIER LIVRE
DE LA METAMORPHOSE
D'OVIDE, TRANSLATE
DE LATIN EN FRANÇOIS
par Clement Marot de Ca,
hors en Quercy, Val,
let de chambre
du Roy.

Item Certaines œuures qu'il feit en
prifon, non encores imprimeez.

On les vend a Paris fur le pont Sainct Michel,
chez Eftienne Roffet dict le Faucheur, a len,
feigne de la Rofe Blanche.

Auec priuilege.

1 5 3 4

马罗作品法文版封面

五月与道德之歌

在这明媚的五月大地，
变换模样，披上了新装，
许多情人也如法炮制，
去追逐新的情妹情郎。
或出于轻浮的思想，
或想得到新的满足，
我的爱法可不是这样，
我的爱忠贞不渝，哪怕石烂海枯。

这样美的夫人何处寻觅？
美貌总有一天会消亡，
岁月、忧虑或者疾病
会张开它的丑陋之网，
可我打算永远侍候的姑娘
丑不敢把她玷污，
因为她总是那么漂亮，
我的爱忠贞不渝，哪怕石烂海枯。

　我在此处所说的那个女子，
　就是道德，永远美丽的姑娘，
　她在明朗的荣誉之巅伫立，
　呼唤所有真正的情妹情郎：
　"来吧，情人们，来我身旁，
　我正在等待，快来此处；
　来呀，（这年轻女子声音响亮）
　我的爱忠贞不渝，哪怕石烂海枯。"

（献词）

　君王啊，做她的朋友吧，没齿不忘，
　然后好好地爱她，将她保护；
　这样，您才能说，理直气壮：
　"我的爱忠贞不渝，哪怕石烂海枯。"

马罗诗集法文原版插图

论 自 我

我不再是原来的我，
也不知将来会如何，
我的春夏多么美好，
可它们已破窗而逃。
爱情啊，你曾是我的主人，
我为你效劳，先于众神，
啊！假如我还有来世，
我定将更好地侍候于您。

书简诗致国王

（由于家中被窃）

陛下啊，俗话说得对：
祸不单行，它总要带
三两个伴。您高贵的心
深知我说的是什么事情：
我已觉得，我什么都不是，

一文不名。假如您乐意，
让我细细道来，原原本本。

　　我有个伙计，加斯科尼人，
他是个馋猫、酒鬼、骗人精，
偷窃、撒谎、亵渎神灵，
他罪该万死，绞索追着他跑。
总之，人间的好汉一条，
他是赌场高手，能喝能玩，
深得女孩赏识，姑娘喜欢。

　　这可敬之徒得到情报，
说您给了我钱，数量还不少，
我的钱包鼓鼓囊囊。
于是他早早起身，一反往常，
悄悄地偷走了我的钱，
然后巧妙地在腋窝下面
藏起一切（这应该听得到），
我不信这是借而不是盗，
因为这等事闻所未闻。

　　总之，这家伙手辣心狠，
他不愿就此罢休，还嫌太少，
又拿了我的鞋帽披肩和外套，
我最好的衣服，全被他偷走，
他穿在身上，竟那么合身，
甚至在大白天，人们也以为是

马罗诗集法文原版封面

（见这么合身）他自己的东西。

　　最后，出了我的房门，他
直奔马厩，那儿有两匹马：
把差的留下，骑上那良骥
策马而去。简而言之，
他在我家，自始至终，一切
都记得，唯独忘了向我告别……

　　遭此难不久，又有一桩
更倒霉的事落到我头上，
它袭击我，每天都向我进攻，
威胁说要让我痛一痛。
让我惊跳倒地魂不附体，
在土上作赋，在地底写诗。

　　那就是我的病魔。
三个月来，它折磨得我
头昏脑涨，而且不愿停止……

　　还有什么可说？我所说的
这悲惨之身只剩可怜的头脑，
它唉声叹气，哭着想让您发笑。

　　所以，陛下，我来投奔您，
这三天，来了许多名医，
阿卡几亚、勒戈克、布拉尤，
他们给我号脉，免得我一无所有。

　　他们检查了我的一切，

说康复要到春天；可据我理解，

我将活不到明年春天，

今冬就将永远安眠，

我危在旦夕，看不到

明年的第一批葡萄。

　　这就是九个月来

我所得到的对待。

小偷剩下的东西，早已卖掉，

我离不开糖浆和药，

不过，我告诉您这些事

可不是为了要什么东西，

我不愿像那些人一样，

聚敛钱财，是他们唯一所想，

只要活着，他们就会伸手，

而我已开始感到羞耻。

您的施舍，我再也不想等待。

Scève

(1500~1560)

塞　夫

　　16世纪初，在修辞学派和七星诗派之间还有一个名噪一时的诗派——里昂诗派。里昂当时经贸发达，人们思想活跃，言论自由，因而聚集了许多文艺名流。里昂诗派就是在此基础上诞生的，其代表人物是莫里斯·赛夫（*Maurice Scève*）。

　　塞夫家境富裕，从小便受良好教育，除了受正统的经院思想熏陶外，还接触了意大利的新柏拉图思想。他对诗歌情有独钟，曾一度迷恋于彼特拉克的十四行诗，初期的创作继承了大修辞家的传统，描写细腻，采用对比、拟人等手法刻画美人的容貌，短诗《眉》、《眼》、《叹》深受贵族青睐，并得到了马罗的鼓励。但塞夫这期间的诗大多是应酬模仿之作，缺乏自己的风格，直到1544年

《黛丽》问世，塞夫才真正确立自己在诗坛上的地位。

《黛丽》被认为是一部奇诗，全书由449首十行诗组成，诗的结构框架及其象征意义历来是人们争论探讨的对象。这部诗从总体上看是献给恋人的一部爱情诗，整整一部诗献给同一个女子，这在法国诗中还是第一次。诗中的黛丽被普遍认为是赛夫暗恋的女诗人吉耶。这部诗深受彼特拉克的影响，塞夫在诗中抒发着彼特拉克式的情感，黛丽之于他，就像劳尔之于彼特拉克。但塞夫的这种爱情贯穿着柏拉图精神，他热烈地爱着黛丽，但恋人可望而不可即，他感到十分痛苦和悲哀。然而，他懂得如何从这种痛苦中解脱出来。他认为肉体之爱和精神之爱并不总是一致的，恋人的肉体虽属于他人，精神却是属于他的。他把灵魂与肉体分开，把肉体之爱上升为精神之爱，以此安慰自己。《黛丽》诗意朦胧，语言简约，充满了奇幻与神秘的色彩，在法国开启了彼特拉克式的短诗诗风。

不幸的是，《黛丽》完成的第二年吉耶便去世了，塞夫从此不在公开场合露面，最后竟神秘失踪，两年后复出，完成了一部歌颂世俗生活的长诗《索尔赛》。这部诗清新、明快、易懂，充满了田园色彩，洋溢着大自然的气息，失去恋人的悲哀已被大自然的宏伟壮阔所冲淡。1748年，塞夫组织完成了亨利二世进里昂的入城仪式后，闭门编纂三卷本的科学诗《小宇宙》。

塞夫其人其诗都充满了神秘色彩，人们对他的身世不甚了了，对他的生卒年月也一直有争议。但他的文学地位和诗歌价值却一直为人们所公认。他诗中的许多比喻在上流社会风行一时，朦胧而具有象征性，给人们以无穷的回味。不少诗评家都把他当作是象征派的鼻祖，马拉美和瓦雷里的"纯诗"也都能从他的诗中找到影子。

SAULSAYE.

EGLOGUE.

❖

ANTIRE, PHILERME.

NOn sans raison ie me suis resueillé
Au premier somme, et fort esmerueillé
Oyant, Philerme, vne voix long temps
plaindre
Piteusement, et qui sans point se feindre
Se lamentant monstroit par sa complainte

A 2   *Vne*

法文原版《索尔赛》插图

黛 丽

1

宁可让罗讷河与萨瓦河分开，

我的心也不能与你的心相拆；

宁可让山峰一一相连，

也别让不和与我们沾边。

我们宁可看见

罗讷河慢慢倒流，

萨瓦河猛涨如兽，

而不要让我的火减弱一点，

更不要让我失去任何诚心，

虚假的爱，再强烈也等于零。

2

如同赫卡忒①，你将让我

在冥府生生死死百年游荡；

如狄安娜②你把我死守天上，

我自天而落，与这些凡人结伙；

你如同女皇，一身可怕的阴影，

① 希腊神话中夜和下界的女神．也是幽灵和魔法的女神，常以三头三身出现。一说
是月亮女神，在天上称福柏，在地上称阿尔忒弥斯，在冥界称赫卡忒。
② 罗马神话中的月亮和狩猎女神。

减少或增加我的痛苦或不幸；
你又如同月神，向我的血脉
注入了过去、今日和将来的你。
黛丽啊，爱情把我枉然的情思
与你紧连，死神岂能将它分开。

3

回忆，我的思想之魂，
它的幻梦使我如此兴奋，
以至于我，假如没有回忆
便用甜蜜的幻象取而代之。

　　当热情替它把我折磨，
冒险去敌那沉睡的灵魂，
灵魂可能猛地提高警惕，
或感到被热情之火灼痛，
突然望着你，在我胸中
如巨蛇星在荒漠中升起。

4

黛丽卷衣挽袖，衣着可笑，
她像个猎人，在野外嬉闹。
在爱情之路，她与一人相遇，
此人到处窥探年轻的情侣。

　　他围着她转，开口问：
　　"你没有武器，也算猎人？"

"我不是有眼？那就是武器，

我已用它捕获了许多东西。

你的弓有何用，什么都没猎到，

你是否也想让我用眼把你放倒？"

5

当死神忍耐多时，终于放倒

我凄愁的灵魂，空穴的身躯，

那时，陵墓或金字塔我都不要，

也不想永远不烂，放上几世纪。

我宁可把你的酥胸，夫人，

（假如我般配）当作潮湿的坟，

因为，如果我在世的时候，

你总给我带来无情的战争，

当我在这宝地安眠之后，

你至少能给我可爱的和平。

6

你弹出的不是美妙的弦乐，

而是仙国和谐的天籁之音，

它从你手指间轻轻流出，

那么协调，悦耳动听，

以至于战争与和平

都消解其中，我神思飘然：

　　跟你一起，我无比欢欣

如同风与火紧紧相缠，
你的天国仙乐，它的圣灵
突然把我熄灭，又猛地点燃。

7

夜啊，你让我好好睡一觉，
我却辗转反侧想一宿，
钟摆嘀嗒响不停，
我扳着指头数天明。
不知不觉天已亮
我已进入温柔乡。
昨夜心灵未受苦
别让身体代遭罪，
只要世界还存在
这种痛苦就难免。

8

假如你问，为什么在我坟上
人们放的两种东西截然不同，
如你所见，一是水，一是火，
它们最为敌对，很难相容。
我告诉你，它们必不可少。
如要用明显之物向你表明：
假如说泪与火集我一身，
在那里激烈地决一死斗，

那是因为我死了以后，

还在哭泣，恨你这个负情人。

9

无论你在哪里，你身上都有我的影子，

无论我在何方，我身上都失去我自己，

不管你多么遥远，你总是在我的身旁，

虽然我近在眼前，我却找不到我自己。

　　假如有人觉得这有悖于常理，

见我活在你身上甚于在我自身：

强权，不慌不忙地施展开威力，

把灵魂注入我这有生命的身躯，

它料到灵魂本身缺少精华，于是

又尽一切可能，让它进入你的身。

10

犹如春天里的花朵

沐浴着和煦的阳光，

她的目光给了我

无限快乐，我紧挨在她身旁。

以至于，我那颗崇敬她的心

让我在她身上发现了同样的品质，

那是因为我看到了她的倩影，

我如此敬重她，追逐她：

　　没有东西能损害她在我心中的形象

我愿在任何地方，不由自主地跟着她。

Du Bellay

（*1522~1560*）

杜贝莱

　　若阿山·杜贝莱（*Joachim du Bellay*），七星诗社重要诗人，名声在"诗王"龙沙之下，但他的诗歌却可以与龙沙媲美。杜贝莱出身贵族，自幼就是孤儿，青少年时期是在郁郁寡欢的"黑暗"中度过的。1549年他和龙沙、巴依夫一起，在多拉门下攻读希腊罗马的经典著作。他负责起草七星诗社的宣言《保卫和发扬法兰西语》，被誉为诗社的"号手"。杜贝莱时乖命蹇，1550年至1552年因病卧床，饱受精神和肉体的折磨。1553年他随当红衣主教的堂兄到罗马待了3年，这3年是他诗才迸发的时期。回国后，他发表了他的两部主要诗集《罗马怀古》和《悔恨集》。由于家事烦恼和健康状况恶化，他未老先衰，1560年猝死，年仅37岁。

杜贝莱没有龙沙那种誓与荷马和品达一比高低的雄心，也未能像龙沙那样做过各种诗体的尝试，但他的诗更接近民歌传统，有更高的社会价值。在七星诗社诸诗人中，杜贝莱以他鲜明的个性出类拔萃，为发展法兰西诗歌做出了独特的贡献。

他的第一本诗集《橄榄集》全是彼特拉克式的十四行诗。大部分诗以歌颂柏拉图式的纯洁爱情为主题，但也有一些诗表达个人的憧憬和追求。《罗马怀古》是诗人羁旅罗马期间写成的，描绘罗马帝国的盛衰，表达了吊古哀今、感世伤时的叹愧，感情真挚，形象生动，音韵和谐，具有一种史诗般的悲壮气氛。杜贝莱是描写废墟美的第一位法国诗人，在这方面是18世纪浪漫主义诗人的先驱。《悔恨集》是杜贝莱最重要的作品。这些诗同他亲笔写的《保卫和发扬法兰西语》的主张背道而驰，都是"痛苦经验的记录"。他公然声称不再遵循"仿古"的诗社原则，这无疑是他在创作上的重大突破。他有感而发，直抒胸臆，信笔成章，不事雕琢，即使把诗写成"日记"或"评论"也在所不惜。从这个意义上说，杜贝莱在七星诗社诸诗人中最接近现代诗歌的观念。

虽然杜贝莱声称自己的诗直抒胸臆，不事铺张，不尚琢磨，但总的来说，他的十四行诗都写得韵律工整，形式完美。他采用的都是亚历山大体，诗的主旨常在末尾点明。十四行诗从前仅用于抒写爱情，而杜贝莱在他的作品中把这种形式用于讽刺，这是他的贡献。

L'OLIVE AVGMEN-
TEE DEPVIS LA PREMI-
ere edition.

LA
MVSAGNOEOMACHIE
& aultres oeuures poëtiques.

Auec priuilege pour IIII ans.

A PARIS.

1550.

On les vend au Palais es boutiques de Gilles
Corrozet & Arnoul L'angelier.

《橄榄集》法文版封面

黑夜叫星星别再游荡

黑夜叫星星别再游荡，
把它们赶回羊圈里去，
夜驾着黑马逃避白日
奔进深深的岩洞去躲藏。

望印度那边，天已染上红光，
从晨曦的金黄的发丝里
撒落滚圆的珍珠万粒，
把草原装点得富丽辉煌。

我看见西面，在我的河边，
一位水仙女登上青翠的岸，
含着笑，像活的晨星一样。

白昼面对这新的曙光发窘，
他用双重的羞红，去染红
西方的安茹和印度的东方。

罗马怀古

新来者啊，在罗马寻找罗马，
但在罗马，罗马已渺茫莫辨，
唯见古宫，古门，残壁断垣——
这就是人们慕名的罗马！

往昔的豪迈啊，如今的蒿蔓，
全世界曾受她的律法约束，
她征服一切，而又被征服，
时间之牺牲，没入了长河漫漫……

罗马是罗马留下的唯一的碑，
罗马仅只败亡在罗马手中。
唯有那台伯河奔忙不回，

保留着罗马遗踪。尘世何匆匆！
坚如磐石者被时间摧毁，
唯有飞逝者在与时间抗衡。

扬麦者呼风曲

啊，空灵的军旅，
你们展开轻翼，
飞行于天地间；
你们絮絮不歇，
吹得浓荫摇曳，
吹得绿叶儿轻颤。

我向你们献上
这些小花儿芬芳。
百合和紫罗兰，
香石竹和玫瑰，
这些朱红的玫瑰
刚开的，多新鲜。

请用轻柔的呼吸
吹拂这片土地，
吹拂这所场院，
伴我劳作不息，
伴我辛勤扬麦，
冒着烈日炎炎。

(1524~1566)

拉 贝

Labé

路易丝·拉贝（*Louise Labé*）是法国第一位杰出的女诗人，她的诗对以后的女诗人如瓦尔莫、诺阿依等都有很大的影响。

拉贝生于里昂，父亲是个制绳富商，她后来又嫁给一个制绳人，加上她人长得漂亮，所以在历史上有"美丽的女制绳人"之称。

拉贝受过良好的教育，才华出众，绣得一手好花，且骑术高明，剑术不凡，曾参加过击剑比武。她为人热情奔放，大胆直率，经常成为公众议论的对象，也往往成为男子们追逐的目标。当时，里昂活跃着一批以赛夫为首的诗人，拉贝受其影响，也迷上了写诗。她的美丽和热情使她赢得了一大批忠诚的崇拜者，其中包括许多"里昂诗派"的诗

法国名家诗选

人。赛夫曾一度和她关系暧昧，她的《疯与爱的论战》就是在赛夫的帮助下写成的。后来，拉贝又与马尼前往意大利观光，在路上产生了缪塞与乔治·桑式的爱情，拉贝的主要作品《哀歌》及十四行诗就写于此时。

拉贝共写了3首马罗式的哀歌和24首十四行诗。她的诗没有赛夫的那种深邃的思考，却有着热烈而奔放的感情。她扫除了爱情周围的那股哀婉的愁雾，把爱情与欢笑联结在一起。她认为忧郁不属于爱情，只有那些孤独、没有爱情的人才应该感到痛苦。拉贝强调爱情在生活中的地位，反对压抑人的正常感情，诗中洋溢着人文主义精神。后人认为拉贝的诗中已有浪漫主义和前浪漫主义的成分。

拉贝广泛地吸取了前人的经验，她的诗热情、真诚，却又不乏精细和巧妙，既有彼特拉克的影子，又有特鲁瓦的痕迹。

A.1690.

ŒUVRES
DE
LOUISE CHARLY,
LYONNOISE,
DITE LABÉ,
SURNOMMÉE
LA BELLE CORDIERE.

A LYON,
Chez les FRERES DUPLAIN, Libraires.
M. DCC. LXII.

拉贝作品法文版封面

VIII.

Ie vis, ie meurs : ie me brule & me noye.
J'ay chaut estreme en endurant froidure :
La vie m'est & trop molle & trop dure.
J'ay grans ennuis entremeslez de ioye :
Tout à un coup ie ris & ie larmoye,
Et en plaisir maint grief tourment i'endure :
Mon bien s'en va, & à iamais il dure :
Tout en un coup ie seiche & ie verdoye.
Ainsi Amour inconstamment me meine :
Et quand ie pense auoir plus de douleur,
Sans y penser ie me treuue hors de peine.
Puis quand ie croy ma ioye estre certeine,
Et estre au haut de mon desiré heur,
Il me remet en mon premier malheur.

"我生，我死……"法语原文

我生，我死……

我生，我死；我自焚，我自溺。
炎热中我感到周身发冷：
生命对我过于温柔，过于残忍。
我烦恼透顶，却又满心欢喜。

我突然欢笑，突然痛哭，
巨大的痛苦我快乐地忍受：
财富远去了，它从不持久，
我一下子变得翠绿而干枯。

爱情就这样变幻无常：
以为还会有更多的不幸，
幸福却已悄悄来到身旁。

当我相信自己将开心欢畅，
渴盼已久的时刻即将来临，
我却又回到了最初的不幸。

只要我的眼睛……

只要我的眼睛仍能流出泪水
能和你一起追忆过去的时光，
只要我能止住抽泣不再哀叹
别人还能听见我发出的声音，

只要我还能弹奏竖琴
用音乐来歌颂你的美丽，
只要我的心不需要别的
能懂得你我就感到开心：

我就一点都不想死。
可当我的眼睛干涩，
声音嘶哑，双手无力，

在这生命有限的一生，
如果再也不能爱，那就让死神
遮黑我最明亮的白天。

吻我，吻我，再吻我

吻我，吻我，再吻我，
给我一个最甜蜜的吻，
给我一个最深情的吻，
我将加倍还你热吻如火。

厌倦了？足够了？让我再给你
十个温柔的吻，平息你的痛苦。
来吧，把我们幸福的吻加在一起，
让我们互相享受，轻松自如。

从此，每个人都有双重生活，
既生活在自身又为对方着想。
爱人啊，且让我疯狂地想象：

活得拘谨，总感到难受。
如果不能大胆地浪漫一回，
我心里永远得不到满足。

十
六
世
纪

（1524~1585）

龙　沙

　　皮埃尔·德·龙沙（*Pierre de Ronsard*）是
法国近代史上第一位抒情诗人，七星诗社的
领袖，享有"诗王"的美誉。

　　龙沙出身贵族，童年时代是在风光如画
的旺杜姆度过的，对大自然的恩惠有切身的体
验。12岁时，他进宫给王子当侍从，后来因为
耳聋，决心献身缪斯。1547年，他进入巴黎科
克雷书院师从多拉，攻读古希腊罗马文学。之
后和几位志同道合的青年组成七星诗社，成为
16世纪法国人文主义诗坛的盟主。龙沙的诗很
快得到王公贵族的赏识，从此他扶摇直上，成
为红极一时的宫廷诗人。

　　龙沙认为诗应该博大精深，仅供那些有
文化素养的杰出人物欣赏，而为了写出能够
与古人媲美的诗，应该采用希腊诗人品达创

造的颂歌体，以讴歌重大史实、重要人物为主题。这种歌功颂德的诗铺张浮华，堆砌典故，大量穿插神话传说，有浓厚的学究气味，既费解，又乏味。可《颂歌集》中也有一些歌颂自然景物的田园诗，读起来亲切感人。这些诗包含诗人对童年时代的甜美回忆，字里行间流露出诗人对故乡的脉脉温情。

龙沙的杰出成就主要表现在爱情诗方面。《颂歌集》中的《给卡桑德蕾颂歌》很受欢迎，不久就被谱上音乐，广泛流传。他的第一部爱情诗集《献给卡桑德蕾的十四行诗》篇幅短小、感情纯真，读起来凄切感人；第二部爱情诗集《献给玛丽的十四行诗》是为一个名叫玛丽·迪潘的乡村姑娘写的。由于村姑代替了贵夫人，诗人觉得在文体上也要做必要的调整，所以这部诗写得通俗易懂，感情比较朴素，读起来亲切自然；龙沙写第三部情诗《献给海伦的十四行诗》时已年过半百，这些诗是奉皇后之命，为安慰她新近失去未婚夫的伴娘而写的，但诗人后来逐渐爱上了这位与他年龄悬殊的姑娘，在诗中倾注了深情，其中最著名的是《当你衰老之时》。

龙沙的诗丰富了法国语言，为法国民族诗的发展做出了重要贡献。他从古典诗中引进了品达体、赞歌体，大大丰富了法国诗的表现力。他虽然没有发掘新题材，但在他笔下，一些旧题材的诗成了不朽之作。诗人在语言方面的创新以及他驾驭韵律和节奏的非凡才能，使十四行诗这样狭窄、严格的诗体表现出非常宽阔的容量。

LES AMOVRS
DE P. DE RONSARD
VANDOMOYS.
Ensemble
Le cinquiesme de ses Odes.

Τιερωανδρος πρìν ἔτερπ᾽ ἄνδρας μόνον, ἀλλὰ γυναῖκας
Νῦν τέρπει· νῦν ἄρ τερπογυνης ἔσεται.
Αυεατ̄.

AVEC PRIVILEGE DV ROY.

A PARIS,
Chez la veufue Maurice de la porte, au clos
Bruneau à l'enseigne S. Claude.
1552.

《颂歌集》法文版封面

但愿我

啊，但愿我能发黄而变稠，
　化作一场金雨，点点滴滴
　落进我的美人卡桑德蕾怀里，
趁睡意滑进她眼皮的时候；

我也愿发白而变一头公牛
　趁她在四月走过柔嫩的草地，
　趁她像一朵花儿使群芳入迷，
便施展巧计而把她劫走。

啊，为了把我的痛苦消减，
我愿做那喀索斯，她做清泉，
让我整夜在泉中沉醉；

我还求这一夜化作永恒，
我还求晨曦不要再升，
不再重新点燃白昼的光辉。

那一天我幸遇了你

那一天，在楼梯中途的梯阶
我幸遇了你，你的目光触到我，
炫花了我的眼，眼神碰撞的一刻
我的心房立刻就跳动剧烈；

你的目光打进我的心和血液，
恰似闪电的强光把云层刺破；
我像得了热病，发冷又发热，
全因你具有致命威力的一瞥！

若不是你经过时以天鹅般优美的
纤纤素手，微微地向我致意，
爱兰娜，我必已被你的目光焚毁！

全亏你以手势拯救我于危亡——
当你的眼流露出胜利者的荣光，
你的手又因赐我重生而欣慰。

记得当时你站在窗前

爱人啊，记得当时你站在窗前，
向蒙马特尔和野外远望之时，
你说："修道院比宫廷更有价值，
我真想到那儿去体验僻静孤单。

"即便现时，理智也能控制欲念，
我愿在斋戒和祈祷之中度日，
我会把爱神的箭与火焰抵制，
不让这残暴者把我的血饱餐。"

于是我回答道："你呀，你想错了，
别以为盖上灰烬火就烧不旺，
岂不见修道院上也燃着火苗；

"爱在禁区燃烧，像在市区一样，
爱情的魔力连神仙都逃不掉，
靠斋戒祈祷又岂能将它抵挡？"

假如爱情是……

假如爱情是不分白昼黑夜，
思着梦着，一心想讨你欢喜，
一心崇奉那刺伤了我的美丽，
不想干别的，忘记了别的一切；

假如爱情是对幸福追随不懈，
却只见幸福逃逸，留给我孤寂，
我默默地受苦，默默地惊惧，
尽管哭泣乞求，而仍被弃却；

假如爱情是为你而活，不为我，
是强装欢容，以图掩饰心病，
在心底里却备受煎熬折磨，
被爱的热病控制，发冷又发热，
而对你却羞于启口承认我的病——

假如这是爱，那么我爱你如火，
我完全知道这会要了我的命，
我心里老在说，而嘴里保持沉默。

PRENDS CETTE ROSE...

Prends cette rose aimable comme toi,
Qui sert de rose aux roses les plus belles,
Qui sert de fleur aux fleurs les plus nouvelles,
Dont la senteur me ravit tout de moi.

Prends cette rose, et ensemble reçois
Dedans ton sein mon cœur qui n'a point d'ailes:
Il est constant et cent plaies cruelles
N'ont empêché qu'il ne gardât sa foi.

la rose et moi différons d'une chose:
Un soleil voit naître et mourir la rose,
Mille soleils ont vu naître m'amour,

Dont l'action jamais ne se repose.
Que plût à Dieu que telle amour, enclose,
Comme une fleur ne m'eût duré qu'un jour.

Pierre de Ronsard.

龙沙的玫瑰

当你衰老之时

当你衰老之时，伴着摇曳的灯
　　晚上纺纱，坐在炉边摇着纺车，
　　唱着、赞叹着我的诗歌，你会说：
"龙沙赞美过我，当我美貌年轻。"

女仆们已因劳累而睡意蒙眬，
　　但一听到这件新闻，没有一个
　　不被我的名字惊醒，精神振作，
祝福你受过不朽赞扬的美名。

那时，我将是一个幽灵，在地底，
在爱神木的树荫下得到安息；
　　而你呢，一个蹲在火边的婆婆，

后悔曾高傲地蔑视了我的爱——
听信我：生活吧，别把明天等待，
　　今天你就该采摘生活的花朵。

送你一束鲜花……

送你一束鲜花，我刚从
盛开的花丛中选出来：
晚祷时谁要是不去采摘，
它们明天就会凋零泥中。

这对你绝对是个明鉴，
你的美貌，不管有多俏，
它很快就会消逝衰老，
就像这花，枯萎眨眼间。

时间飞逝，时间飞逝，我的小姐；
啊，不是时间，而是我们在走，
时间的利刃将砍掉一切：

当我们临死的时候，
我们所谈的爱将不再新鲜：
所以快快爱我吧，趁它还艳。

(1552~1630)

多比涅

阿格里帕·多比涅（*Agrippad Aubigné*）生于一个信奉新教的贵族家庭，8岁前就能读拉丁文、希腊文与希伯来文的作品，翻译柏拉图对话中的《克利梯阿斯篇》。1560年多比涅目睹新教徒在昂布瓦斯遭到血腥镇压，发誓为殉道者报仇。1568年，他开始写诗，并加入新教军队，从此一手拿剑，一手握笔，为坚持自己的信仰而战斗。

1570年，他爱上了卡桑德蕾的侄女狄亚娜·萨尔维亚蒂（卡桑德蕾因龙沙的诗而闻名），但狄亚娜是天主教徒，不能与他结婚。多比涅为她写出第一部诗集《多比涅先生的春天》，诗中抒发了他对狄亚娜热烈的爱情与失恋后极度的痛苦，诗集问世后不久被人遗忘，直至1874年才重新发表，1927年因历史学家马塞尔·雷蒙的评价而获得应有的地位。

多比涅的代表作《悲歌集》共分7卷，长达9274行，描写内战蹂躏下的法国，揭露王室与法院的腐败，抨击天主教会对新教徒的残酷迫害，宣扬上帝必将惩恶扬善，把暴君打入地狱，使选民享受天福。这是一部全面描绘宗教战争时期法国社会的史诗性作品，充满震撼人心的激情、无比丰富的想象与磅礴雄浑的气势，被评论界誉为可与但丁的《神曲》、弥尔顿的《失乐园》媲美的杰作。

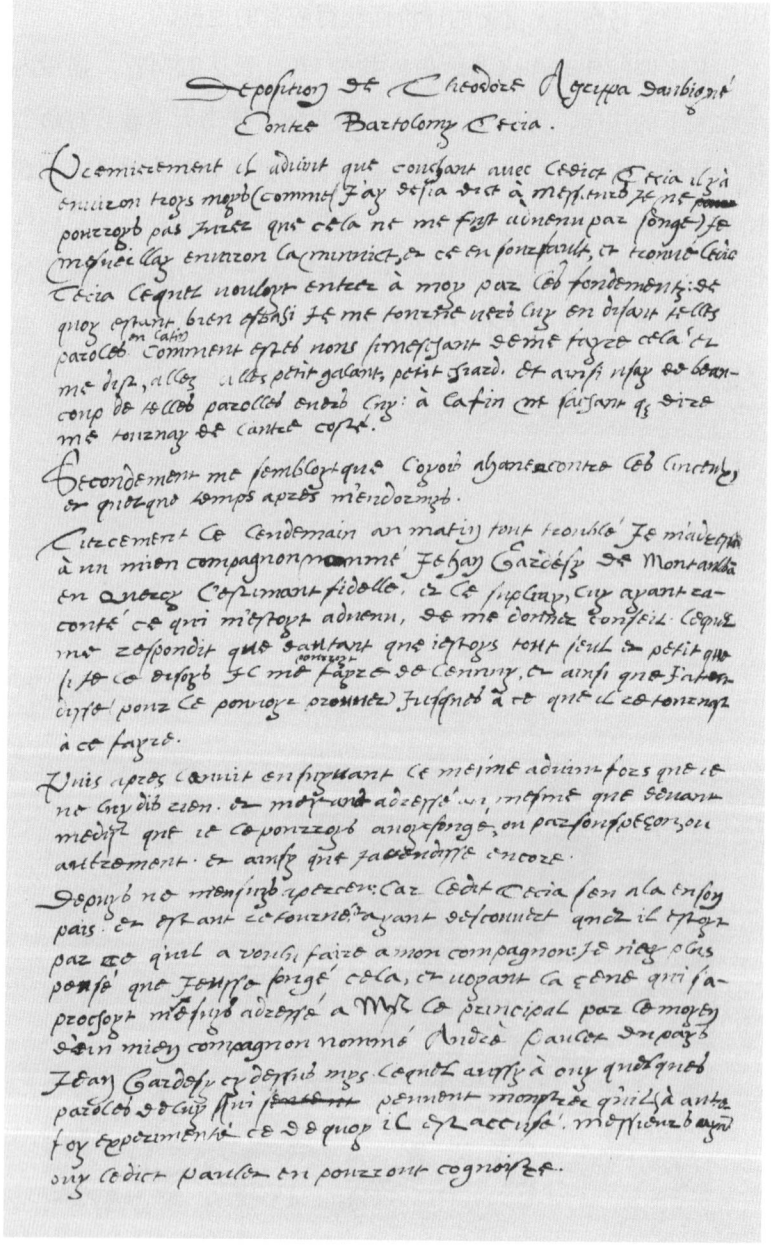

多比涅手迹

冬

那些见异思迁者走了，它们不光难看，
而且乏味。我对它们说：燕了啊，
你们已经感到炎热远去，寒冷到来。
肮脏的东西，去别的地方筑窝吧，
别再唧唧喳喳扰我清梦，脏我饭桌，
让我的冬夜安安静静地睡吧！

太阳不会突然远离我们这个半球，
天没那么热了，但依然充满阳光。
我后悔，自己爱得草率心眼太多，
所以，我会毫无怨言地改变自己。
我爱冬天，它驱走我心中的恶让我纯洁，
如同驱走空中的疫气，替大地赶走蛇蝎。

雪越积越厚，我在雪下白了头，
闪耀的阳光温暖着冰冷的雪，
可夜长日短，太阳也融化不了它，
雪啊，化了吧；来，落到我的胸口，

我的心还点不着我死后的灰烬，
无法像过去那样燃起热情的火焰。

什么！生命熄灭之前我就得熄灭？
神圣的熊熊火焰，教堂里
燃烧的热情不再把我照亮？
我在神坛上献出自己的遗骸，
给天堂的火加油，给不洁的火以冰：
要明亮神圣的火炬，不要葬礼的柴薪！

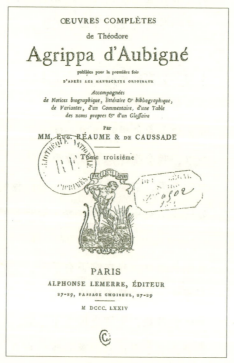

《多比涅诗歌全集》法文版封面

现在，快乐少了，但也没那么多痛苦。
夜莺沉默，美人鱼也不再出声。
我们看不到别人摘果也看不见别人采花，
希望也不再像以前那样常常骗人，
冬天享有一切。幸福的晚年
应是享受生活，而非劳作天天。

但死神并未走远：它伴随着不死的生，
终结了不真实的生活；现在，生与死
才属于我们，这是我们的生
我们的死，谁会痛恨安全喜欢灾难？
谁会总那么喜欢旅行，以至于
宁可不断地航行而不寻找码头靠岸？

致狄亚娜

在这美丽的肤色边，百合会变黑，
在这美丽的肤色边，白纸无光泽，
面对着你，白色的天鹅黯然失色，
牛奶不白，只能对你的赞美啧啧。

糖很美，放入嘴中甜到心，

糖很白，色泽光亮，惹人爱。
砒霜更白，可它的光泽是假象，
它是死神，谁吃了谁就会没命。

你快乐的白染了我痛苦的红。
味甜一点吧，正如你肤色美，
但愿我不会因希望落空而苦痛，

你的白千万别让乌头染黑①，
因为，美人啊，假如我发现你
像雪一样白一样冷，我将会死。

---

① 乌头是一种乌黑的草本植物，根茎可作药。

XVIIe &
XVIIIe
XIÈCLES

十七、十八世纪

（1573~1613）

雷尼埃

马蒂兰·雷尼埃（*Mathurin Régnier*）是17世纪法国"古典"色彩最弱的作家，与马莱伯形成鲜明的对比。雷尼埃的父亲是个富裕的显贵，喜欢网球，曾建设了一个网球场，在当时十分出名，被叫做"网球老板"；雷尼埃的舅舅德波尔特是高级僧侣，也是当时的名诗人，在宫中十分走红，拥有巨大的财富。

7岁那年，雷尼埃被过继给舅舅，以期得到更好的保护。但年轻的雷尼埃对宗教生活毫无兴趣，他自由自在，行为不端，结果影响了他本应从舅舅那里得到的很多物质利益。

但雷尼埃喜欢听舅舅念诗，并学着写些简短的讽刺诗，嘲笑那些经常去他父亲网球场打球的有钱人。后来，他跟着舅舅去了巴黎，20岁时给红衣主教当随从，1595年跟随主教第一次去罗马旅行，期间写了很多诗，后来汇成《讽刺集》，这是雷尼埃最重要的作品。他在诗中将宫廷的奢侈生活与诗人的贫穷作对比，指出诗人的可贵之处在于品德高尚。他反对马莱伯关于诗歌必须严格遵守古典标准的理论，认为诗歌应该重视情感和灵感。《玛赛特或伪善者》是他的名诗之一，塑造了一个狡猾的老宫女形象，对莫里哀创造《答尔丢夫》有一定的影响。

1601年，雷尼埃跟随王国的特使第二次去罗马，在那里呆了5年，但在经济上并没有太大的回报，回国后处境甚惨，从此对上流社会失去信心。他在巴黎与当时的许多诗人交往，大量阅读古代作家的作品，尤其是贺拉斯的著作。此后的诗，他创造性地模仿贺拉斯与龙沙，想象力强，语言犀利，节奏感强。评论家说他的诗"给当时的法语一种准确性，一种力量，使之变得更加丰富"。

破落的家境和流浪生活使雷尼埃长期不为人知，更不被文坛承认。40岁的时候，他因疾病和忧伤死于卢昂的一家修道院内。

雷尼埃油画像　E.德拉克鲁瓦 作

十七、十八世纪

雷尼埃的墓志铭

我死了，不带走任何梦想，
请让我悄悄地走向死亡
服从公正的自然规律，
可我惊讶的是
为什么死神敢想起我
而从不想起它自己。

诗

假如你燃烧着爱的光芒的双眼
是我的心你的奴隶最初的火焰，
我崇敬它，如敬神圣的星宿，
　　为什么你不爱我？

假如美貌使你如此风光，
你必须，像草地上花儿一样，
忍受岁月的摧残与愤怒，
　　为什么你不爱我？

你可愿你深坠爱海的眼睛
是大自然赠你的无用礼品？
假如爱情像神一样普惠众生，
　　为什么你不爱我？

你可在等待将来后悔的那一天？
铭记痛苦将给你带来众多好处。
可既然你生活在这样甜蜜的年代，
　　为什么你不爱我？

假如你的惊艳压倒群芳，
很不幸上天不曾使你如此漂亮：
假如它已在心中怜悯我们，
　　为什么你不爱我？

假如由于爱你，我的精神损伤，
疯了一般的箭给我致命的重创，
只有这方面我很温顺，并为它祝福，
　　为什么你不爱我？

讽蹩脚诗人

（节选）

当你看见马路上躺着个人，

领子肮脏，鞋袜破烂，

衣服露肘，短裤落膝，

或面有菜色，境况恶劣，

不问他的姓名，就能辨出他的身份：

因为他不是诗人，至少也想当诗人……

没有鞋，没有皮带，甚至没有绳，

目光凶残浑浊，精神委靡不振，

他来到你的身边，如同醉汉，

开口就说："先生，我是个诗人，

我的书在宫中出售，眼下的鸿儒，

无别的消遣，就喜欢读我的书。"

说完，他跟着你，死死纠缠，

用诗句使你难受，让你心烦，

跟你谈论命运，谈论财富，

说死之前应该夺得名望荣誉；

可我们这个时代，可恶透顶，

对他毫不敬重，不讲德行，

龙沙和杜贝莱，生前尚有财富，

国王却对他一毛不拔，真是耻辱。

接着，他像大人物一样，不等邀请，

便抢先在你的桌前坐下，宛如贵宾，

喋喋不休，高谈阔论，

满眼仇恨，一个劲地埋怨……

假如有人，像我一样，不屑他的诗，

那一定是笨伯，愚昧，难相处，坏脾气，

根本不懂韵文，妒忌他的德行，

与公众的口味大相径庭……

公正的后人啊，我请你作证，

你，没有偏见，维护作品永恒，

选部著作，给一代代人欣赏，

要有思想，有深度，还要写得漂亮：

为这场论争报仇，坚决地把

阿波罗的天鹅与粗俗的乌鸦

分开。乌鸦到处叫，傲慢放肆，

根本谈不上什么流芳百世……

Saint-Amant

（1594~1661）

圣-阿芒

圣-阿芒（*Saint -Amant*）是著名的巴洛
克诗人，身世不详，由于他的诗大胆粗犷，
常常描写下层人物和低级场所，许多人便想
当然地把他描述成一个流浪汉、酒鬼，其实
圣-阿芒的境况并不差，他曾得到当时许多
望族的喜爱和庇护，如首相黎塞留就非常信
任他，这使他得以随意出入贵族沙龙，结交
名流。

圣-阿芒的诗种类繁多，题材多变。他
既写爱情诗、风景诗、讽刺诗和史诗，也写
赞扬大人物和应酬社交的赞美诗和应酬诗，
但他写得最好的是描写下层人民流浪生活和
悲惨命运的诗，这类诗自由、活泼，充满了
机趣，但又不乏深刻的思想和哲理。圣-阿
芒在诗中流露出来的思想倾向变化很大，这

从一个侧面反映了诗人复杂的处境。他要讨好权贵，取得依靠和求得生存，但自由不羁的本性又驱使他摆脱束缚、大胆表达。当这两者发生矛盾时，他便转向沉思和梦幻，面对大自然展开丰富的想象，并用一种主观变形的手法，通过奇特的比喻来表达这种幻象。在他的诗中，鱼变成了鸟，水火相容了，空气与水合二而一。他那首著名的《孤独》就是这种幻象的产物。

圣-阿芒的这种自由想象和梦幻感觉由于触犯了当时占统治地位的古典主义而受到挖苦和打击，但到了19世纪浪漫主义运动兴起时，许多激进分子如戈蒂埃把他奉为先哲，视为先驱，他那种夸张的手法、丰富的想象和自由奔放的精神也正是浪漫主义的特色之一。

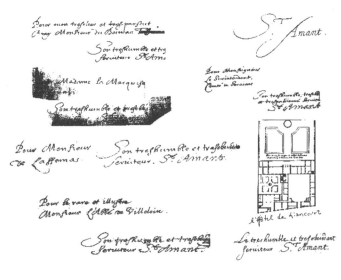

圣-阿芒诗画手迹

Rare Homme entre les Illustres;
Honneur de la belle Cœur
Que tu vas remettre au jour
Aprés la Nuit de deux Lustres:
Astre noble et gracieux,
Dont l'absence fut aux yeux
Cent fois plus insuportable
Qu'vne Ecclipse espouuentable
Du premier Flambeau des Cieux.

5

Modelle de courtoisie,
De valeur, de probité,
Que la Generosité
Ne peut voir sans jalousie:
Cœur aux justes mouuemens,
Source des beaux sentimens
Qui les beaux actes produisent.
Solide Esprit où reluisent
Les diuins raisonnemens.

Bassompierre pour tout dire
Toy qui dans les hauts Emplois
As veu ce que de l'Anglois
Peut desgoizer la Satire:
Toy, dis-je, qui mieux que tous
Au Drôle as-tasté le pous,
Sous Bellonne, et sous Minerue:
Permets que de luy ma Verue
T'escriue en fueilles de Hous.

8

Certes, ce Peuple insulaire
Est vn estrange Animal:
Mais, s'il m'a fait quelque mal
Il en aura le salaire:
Ie le dépeindray si bien
Qu'il ne luy manquera rien,
Des piés jusques a la teste;
Et desja ma main s'apreste
A luy faire vn nez de Chien.

圣—阿芒手迹

法国名家诗选

108

孤 独

（节选）

孤独啊，我多么爱你！

夜色中，这里多神圣！

它远离嘈杂和尘世，

娱乐我心，解我愁闷。

上帝啊，看见这片树林

我是多么心旷神怡，

它们古老而悠远，

历来得到岁月的尊敬，

如今仍那么美，那么绿，

如同混沌初开的过去！……

在这鲜花怒放的草丛，

春天坠入了爱河，

夜莺唱起哀歌，

我的梦啊无止无终！

看见这陡峭的绝壁，

我掩不住内心的欢喜，

悬崖给不幸者帮了大忙，

十七、十八世纪

他们受到绝望的打击

受到命运残酷的威逼，

想结束生命，走向死亡。

水的蹂躏多么亲切！

一股股傲慢的急流

在绿色的崇山碧野

奔腾跳跃，争先恐后。

又如草上的游蛇

轻轻地钻入树底，

变成欢乐的小溪，

有只漂亮的水蝇，非同小可，

如在自己的产床，称霸一方，

坐在水晶的宝座之上！……

这些倒塌荒废的旧堡，

我百看不厌，最为喜欢，

岁月无情地反叛

露出横蛮的凶貌！

巫师们在那儿夜会；家神

和恶魔在那儿藏匿，

他们用恶毒的把戏

愚弄我们的感官，

折磨我们的灵魂。

游蛇和耳鹗
在那儿挖洞做巢。

白尾海雕，悲声哀叫，
预告了不幸的前程，
让那些小精灵们
在暗处又舞又笑。
　其叫怕的尸体
在可咒的梁上摇晃，
那是个可怜的情郎，
因牧羊女的绝情自缢，
那女孩，不屑他的情爱，
连可怜的一瞥都不给……

那儿，有几块大理石
刻着昔日的几行题铭；
这儿，刻在树上的数字
已被岁月抹去，模糊不清；
天花板从最高的地方
一直掉到地窖深处，
被蛞蝓和蟾蜍
用毒液和唾沫弄脏；
胡桃树的浓荫之下，
常春藤沿着壁炉攀爬……

烟　斗

我手握烟斗，肘靠壁炉，
忧伤地坐在柴堆之上，
眼盯着地，心里想反抗，
命运真是不幸而又残酷。

希望，不时地回来把我探访，
减轻我难以排遣的痛苦，
它答应改变我的命运，并试图
让我显赫得胜过罗马王。

可一当这烟草化为灰烬，
我最好还是做回我的平民百姓，
为了驱除烦恼，最好常这样想：

不，抽烟和满怀希望，
我一点不觉得有什么不同，
前者是烟，后者不过是风。

贪食者

隆冬季节，没有火也没有光，
三人裹一床单，堆柴的房里
猫在学母特人说话，不停地
转动眼珠，把我们照亮。

长枕太低，便用矮凳垫，
两年不进食，如同蜗牛，
梦中做鬼脸，像那只瘦猴
挠着腋窝，在阳光下打呵欠。

头上包着布，因为没有帽子，
抓过粗呢大衣，裹起自己的身体，
于是我们的大肚子隆得更高。

然后为一熟客的百匹锦缎惋惜，
他怒气冲天，但什么都付不起，
这就是挥霍浪费的下场。

夜

（节选）

宁静孤寂的夜，

没有月也没有星，

请用你最黑的布

把伤害我的白昼蒙住；

快呀，女神，满足我的欲望：

我爱上了一位像你一样的褐发姑娘。

我爱上了一位褐发姑娘，

看到她的眼，大家都说

当福玻斯①离开天国

在浪底藏身的辰光，

见失去灿烂的天国之美

心中感到一阵后悔……

手工匠，累了一天，

放下了手中的作品，

---

① 即太阳神阿波罗。

妻子见他打着呵欠，
便笑他没有恒心，
她睨着他，准备收获
夫妇俩理应结出的喜果。

发情的猫，疯了一般，
在屋檐上呜呜地叫；
躲避白昼的狼人
则在墓地上长嚎；
孩子们孤单得簌簌发抖，
用裹尸布蒙住自己的头。

L'Hermite

(*1601~1655*)

爱尔弥特

　　特里斯唐·爱尔弥特（*Tristan
L'Hermite*）是17世纪一个声名显赫的诗人和
剧作家。由于种种原因，他被人们遗忘了几
个世纪，直到19世纪末，随着一批具有自由
思想的作家和巴洛克诗人的"平反"，他才
重新受人关注。尤其是到了20世纪60年代，
法国出现了"爱尔弥特之友协会"，在该会
的努力下，爱尔弥特的著作得以重见天日，
并在法国掀起了一场不小的爱尔弥特热，不
少评论家把他当作是法国的"一流作家"。

　　爱尔弥特出身望族，祖先在第一次十字
军东征中当过传教士和路易十一的侍从。爱
尔弥特的父亲是保皇党人，因犯罪而前程尽
毁，所以娶了一位大家闺秀为妻，以期改变
处境。爱尔弥特是家中的长子，5岁就当了

王子的"荣耀侍从"，13岁就与人决斗，后流亡英国和北欧，一路游历，一路闯祸。他蹲过监狱，受过伤，也恋爱过，尝遍了生活的滋味。

像当时许多破落贵族的子弟一样，爱尔弥特到处寻求大人物的庇护，但他的性格决定他不喜欢恭维权贵，而是渴望独立，希望凭自己的能力取得成功。他发现写作能使自己摆脱依附，便投身于文学。诗集《阿康特之怒》使他首获成功，后来他又出版了《忒里斯唐的爱情》、《里拉》等著名诗集。作曲家德彪西曾从前一个集子里抽出《一对情人的散步场》谱曲，这首诗具有现代主义色彩，自由思想与冒险精神相结合，而且特别强调感觉的作用。爱尔弥特不像古典主义作家那样把大自然当作是一种点缀，而是致力于表现对大自然的感觉。他常常忘情地陶醉在一个温柔的、半明半暗的世界中，在神奇的背景下描绘乡村和美女，建立一个融爱情与大自然为一体的"牧歌天堂"。这个天堂是甜蜜的、幸福的，同时也是忧郁的，充满了思乡之情和爱的苦涩。

爱尔弥特也十分重视想象甚至幻象的作用，细腻地表现内心的意识活动，因为他发现内心生活比现实世界更微妙、更丰富，他喜爱那种朦胧的罕见的美，热衷于塑造晦涩的形象。

爱尔弥特也是一名大剧作家，被认为是法国古典主义戏剧的先驱。他的代表剧作《马丽安娜》在当时获得了空前的成功，使他与高乃依和代奥菲尔齐名，成为巴洛克戏剧大师之一。他的戏剧成就在一定程度上掩盖了他的诗名。

Epigrame

Deux Merueilles de l'uniuers
Tiennent en leurs mains ma fortune
Et leurs apas sont bien diuers
Car l'vne est blanche & l'autre brune
Mais elles ont tant de beauté
Qu'elles gagnent mes volontés
Auec vne egale puissance
Et dans leur glorieux destin
Je, ne voy que la difference
D'vn beau soir & d'vn beau matin

爱尔弥特手迹

妒　忌

不幸的猎手意外撞见她
像狄安娜那样一丝不挂；
又像克罗兰德正在沐浴
身上只有水滴给她遮羞。

某个神灵在这隐蔽的水边，
看见这个美人所有的秘密，
可假如他仅仅是饱了眼福，
我也不会对他那么妒忌。

不忠的冒失鬼，一文不名，
却吻遍了她，一直把她拥抱，
我想起来就不禁妒火中烧。

然而，我崇拜的那个偶像，
只是让她的水变成了白色，
以惩罚这大逆不道的行径。

哀伤中的美人

美丽的夜晚啊，愿你魅力四射，
请给我们带来爱情和美好的事物！
必须承认，你充满生机，你的出现
是为了让白日蒙羞，让它羡慕。

你美丽的眼睛虽化妆得那么幽暗，
却比穿过烟雾的火焰灿烂。
在这神圣的大地，所有的生灵
都把你渴望，你就是天上的仙女。

但那些神却完全不是这样，
他们没有誓愿，没有庄严，
冰冷的祭坛前根本无人朝圣。

因为看见你如此美丽，人们都在想
肯定是爱情穿上了死神的衣裳，
这种把戏，维纳斯最是喜欢。

一对情人的散步场

（节选）

这岩洞黑暗阴森，

空气却如此甜柔，

水波与碎石搏斗，

光亮与阴影抗争。

波浪在沙砾上起伏，

累了，便在池塘里

停下休息，这儿正是

那喀索斯①丧生之处。

池塘就像一面明镜，

牧神来照镜子，看自己的黄脸

是否还那么红，自那天

落到了爱神的手心……

无论是雷还是风，

---

① 那喀索斯，希腊神话中的美少年，他只爱自己，不爱别人。爱神惩罚了他，使他
爱恋自己在水中的倒影，最后憔悴而死，死后变成了水仙花。

从不破坏此处的宁静，
天空好心而且殷勤
总对大地展露笑容。

亲爱的克里梅娜，
在黑夜到来之前，
让咱们坐在泉边，
求求你，听我的话。

你可曾听见轻风叹息，
由于这奇妙的美景和爱，
它看见异地的玫瑰盛开，
像你的脸色，鲜红。

它朝我们的路上
吹来沁人的香气，
让你甜蜜的呼吸
带有茉莉的芬芳。

侧过头来看看那波浪，
它宛如水晶，漆黑一片，
我想让你在那儿看见
世界上最迷人的景象。

我有一个请求，不知可否？

让我先于众人，独享美事。

让我在你的手心啜饮，

假如水没有淹没那雪白的手……

《马丽安娜》法文原版插图

La Fontaine

(1621~1695)

拉封丹

　　让·德·拉封丹（*Jean de La Fontaine*），古典主义代表作家之一，著名的寓言诗大师。他的诗情理交融，生动活泼，富于形象和哲理，深受大家欢迎。

　　拉封丹生于香槟省，父亲是当地管理森林和河流的公务员，他幼年常跟父亲在林中散步，所以从小就熟悉和热爱大自然。19岁时他去巴黎学神学，一年后改读法律。由于厌恶司法界的黑暗腐败，1644年他返回故乡，住了10年之久，后投靠财政总监富凯，富凯给他年金，供他写诗。1661年富凯倒台，他写诗向国王请愿，得罪了朝廷，被迫外逃。两年后他来到巴黎，重过诗人生活。他在巴黎结识了莫里哀、布瓦洛、拉辛等人，诗艺有了新的提高和突破。

1665年，拉封丹完成了《故事诗》一、二集之后开始写寓言诗。1668年《拉封丹先生用诗体写的伊索寓言》前六卷问世，引起很大的反响。七至十二卷开始偏离伊索寓言，转向自己创作，直至1694年才最后完成。

《寓言诗》是拉封丹的代表作，他从伊索寓言、古希腊罗马和印度的寓言作品及民间故事中汲取题材，加工改造。他把禽兽人格化，并寓以深意。他表面上写的是自然界的各类动物，实际上是在写人间社会。他以寓言的手法讽刺当时法国上流社会的丑恶，嘲笑教会的黑暗和经院哲学的腐朽，反映劳动人民的悲惨生活，赞扬他们的勤劳、谦虚、机智和勇敢。以文载道，寓教于乐，古典主义的这一特点在《寓言诗》中表现得极为明显。

拉封丹以科学和理性的态度刻画当时的社会画面，反映国内外大事，他描写的社会生活十分广阔，其诗歌语言既符合古典主义严谨朴实、简洁明快的规范，又生动流畅，平易自然，词汇丰富，韵律多变，节奏富于弹性但严格押韵。他的寓言诗出版后影响了整个欧洲，使这种文体在当时一度盛行。

Le Statuaire et la Statue de Jupiter.

Un bloc de marbre était si beau
Qu'un statuaire en fit l'emplette.
Qu'en fera, dit-il, mon ciseau?
Sera-t-il dieu, table ou cuvette?

Il sera dieu: même je veux
Qu'il ait en sa main un tonnerre.
Tremblez, humains! faites des vœux;
Voilà le maître de la terre.

L'artisan exprima si bien
Le caractère de l'idole
Qu'on trouva qu'il ne manquait rien
À Jupiter que la parole.

Même l'on dit que l'ouvrier
Eut à peine achevé l'image,
Qu'on le vit frémir le premier
Et redouter son propre ouvrage.

拉封丹手迹

狼和羔羊

强权的道理压倒一切道理，

　　我这就给你讲个实例：

　　溪边有一只小羊

　　　饮着清澈的溪水解渴。

猛不防来了一头腹中空空的狼，

　　饥饿引它到处游荡，

　　想碰碰运气如何。

这头野兽怒气冲冲的一声吆喝：

　　"谁叫你如此放肆，搅浑我的饮水？

等我来惩办你的大胆妄为。"

　　羔羊答道："大王，

　　别生气，请您想想，

　　我饮水的地方在下游，

　　水从您那儿往下流，

　　而且相隔二十多步；

　　所以，不管怎的，

我也不能把您的饮水搅浑的。"

谁叫你如此放肆，搅浑我的饮水？

“你搅浑了！”恶兽又一次重复，

“而且我知道：去年你污蔑过我。”

“去年我还没生，怎么可能这样做？

现在我还在吃我妈的奶呢。”

　“不是你，就是你哥哥。”

“我没哥哥呀。”“反正是你们一伙，

因为你们、你们的牧人、牧羊狗

　对我可不大友好。

　大家都说，我该报此仇。”

　于是狼一口叼起羊羔，

　拖进树林深处吃掉，

不再为诉讼形式浪费唾沫。

褡　裢

有一天，众神之王朱庇特宣告：

“一切生物，都到御前来见造物主，

有谁不满意自己的身体构造，

都可以打消顾虑提出申诉，

　我一定给你们改好。

猴子，来，该给你首先发言的机会，

　你瞧瞧百兽的美，

　再跟你自己比一比，

你满意不满意？”“我干吗不满意？

难道我不是同样长着四只脚？

　我从来都满意我的相貌，

倒是我那熊大哥，瞧他那副熊样，

他要听我忠告，就千万别让人画像。”

这时熊走上来，看来要提出申诉，

没料想他一股劲吹嘘自己的面目，

同时挖苦大象，说该拿大象来加工：

削减他的耳朵，接长他的尾巴，

况且他如此臃肿，也实在不成体统。

《拉封丹寓言诗》1668年版插图　F.肖沃 作

大象一听此话，

尽管生性老实，也采取同样手法——

　他说按他的口味，

太胖太大的实属鲸鱼夫人。

蚂蚁还嫌那螨虫小得过分，

在螨虫面前，它自己俨然是巨人。

它们就这样互相挑刺，个个自满，

于是朱庇特只好把它们解散。

　可是在这批蠢物里，

　我们的族类要数第一，

我们看人时眼尖像猞猁，

　看己时盲目如鼹鼠；

对己一切原谅，对人毫不宽恕——

看人看己，用的是两副眼睛。

　造物主造了我们——

　个个都肩负褡裢，

前人是如此，今人也没变，

背后的口袋里装的是自己的缺点，

而装别人缺点的口袋呢，挂在面前。

Rousseau

（1671~1741）

卢　梭

18世纪的法国文坛有两个卢梭，一个是诗人让-巴蒂斯特·卢梭（*Jean-Baptiste Rousseau*），另一个是《忏悔录》的作者、哲学家、作家让-雅克·卢梭。我们这里说的是前者。

让-巴蒂斯特虽然没有让-雅克那么大的成就和影响，但在当时的法国诗坛，他是个了不起的人物，被称作"大卢梭"。卢梭的身世和作品都很不一般。他出身贫贱，念完中学便被迫干活谋生。他先是在律师事务所当书记，后被法国驻英大使看中，带去伦敦做秘书，从此迈进了上流社会的大门。

卢梭回国后常出入劳朗夫人的咖啡馆，在那儿结识了许多诗人和作家，并在他们的影响下开始写诗。他起初写歌剧，后转写喜剧，但都不怎么成功，直到1702年，他的祝圣颂歌一炮打响，他在文坛上的地位才真正确立。次年，他创造了一种新的诗歌形式——大合唱，获得成功，从此他成了名噪一时的大诗人，并被选为法兰西学院院士。

卢梭的诗曾得到过波瓦洛的赞赏，所以他紧跟波瓦洛，支持和捍卫波瓦洛的古典主义理论。他以神话和《圣经》为题材写诗，注重诗的技巧和形式。他曾说："造就诗人的只能是表现手法，而不是思想。"当时许多古典主义分子都把他当作是反启蒙思想的英雄，但卢梭的诗中并不乏睿智和哲理。尽管他的许多诗都是在古典作品的基础上进行改写的，但他在诗中注入了新的思想、新的意义和新的情感。他以创新的态度来对待古典题材，用传统的形式来表达新的内容，大合唱其实是压缩了的歌剧，具有室内乐的框架，旋律鲜明，音乐感强，与其说是用来读的，不如说是用来唱的。他以开放的态度灵活处理这种新的文学形式，显示出其创新精神。

卢梭的另一成就是他的那些以《圣经》故事为题材的颂歌。他在诗中通过赞美上帝来鞭笞罪恶与黑暗，以上帝的惩罚为武器同虚伪和邪恶作斗争。他歌唱爱情，表达内心的迷茫、惆怅和怀疑，发出被达官显贵所迫害的不幸者的呻吟。他的抒情诗给当时理性主义甚嚣尘上的法国带来了一股清风，受到了特别的青睐。他的诗不仅在法国，在整个欧洲都很有市场。1712—1734年间，法国几乎年年印行他的著作，几乎所有的中小学生都被要求背诵他的颂歌和大合唱，19世纪的浪漫主义诗人也把他当作是先驱。直到1829年圣·伯夫在《巴黎杂志》中撰文评驳他，他的影响才逐渐减弱。

爱情的胜利

（大合唱之三）

　　　　宇宙之神的女儿们。

缪斯啊，在你们温暖的庇护下我真兴奋！

河边多么清凉，这总是绿色葱葱的森林

正好能抚慰那些不安之灵！

　　　　这微微的水波，欢快地低语，

谁听了能不忘记自己的痛苦？

这甜蜜的欢乐，诱你轻启美嗓，

　　　　谁又能抵挡得住？

　　　　不，只有在这迷人的地方

完美的幸福才选中了它的居留之处。

　　　　幸福啊，那个人品尝了你

　　　　永远纯洁的甜蜜和狂欢！

　　　　他战胜了虚幻的贪欲，

　　　　只听从大自然的召唤。

　　　　他与英雄们分享

　　　　环绕在他们头顶的荣光：

泰洛斯的强权之神

把同一枝月桂戴在他们头上。

幸福啊，那个人品尝了你

永远纯洁的甜蜜和狂欢！

他战胜了虚幻的贪欲，

只听从大自然的召唤。

莫非我看花了眼？伟大的神灵，什么神奇的力量

改变了这河岸的模样？

多么欢快的合唱！多好的游戏！多美的舞蹈！

优美、快乐、青春和欢笑

从四处聚集在一起。

什么梦把我带到了雷霆之上？

看着这令人愉悦的地方

我怎么也不相信这就是那块土地。

这是众神之王

最威严的宫殿？

还是维纳斯本人

从天上下凡？

花神的女伴们

使山丘馥郁芬芳，

"大卢梭"画像

一轮新的朝阳

似从水底上升；

奥林匹斯山

被它最美的火染得金黄。

这是众神之王

最威严的宫殿？

还是维纳斯本人

从天上下凡？

仙女们啊，接受你们赞美的是哪个神？

　　为什么需要这绑带和弦弓？

面对着他，什么样的魅力和奇幻

使我诧异的感官失去了作用？

他走过来，向我伸出纯洁的手：

　　来吧，折磨我灵魂的亲爱的暴君；

　　来吧，我徒劳地躲你而走。

感谢你在我胸中点燃

　　这些光芒耀眼的火。

再见了缪斯，再见；我不再渴盼

你曾引诱我的财富，

　　我放弃了自由。

面对过于温和的法律，我的灵魂低下了头，

囚禁中，我感到十分快乐，

　　在我喜爱的悲惨的幸福当中

这种幸福我从不曾有过。

新 年 颂

（节选）

我们顷刻就可化为尘埃。

假如这就是人的命运，

让我们为现在而活，

而不要期待将来。

这种人真是可叹：

他钟情于财富，

总觉得自己悲惨，

拼命干活，以求幸福。

他在美丽的幻象中，

耗尽了一生中最好的时光，

他把现在的财富

献给值得怀疑的希望。

荒唐啊！你们的灵魂

沉湎在杂事之中；

你们还未及好好生活，
死神已敲响了丧钟。

诱骗过你们的这种错误，
我再犯那就太过愚昧，
我的生命属于现在，
而不是虚无缥缈的未来。

我怀念旧日的时光，
但不后悔，也无怨言；
面对未来的岁月，
我既不渴求，也不恐慌。

能给我以力量的财富，
点滴都别让它流去，
在等待享乐的时候
毫不减弱享受的乐趣。

过去不再是一钱不值，
未来也许永不存在；
只有现在，我们才是
财富的真正主人。

（*1694—1778*）

伏尔泰

　　伏尔泰（*Voltaire*）是18世纪法国资产阶级启蒙运动的旗手，被誉为"法兰西思想之王"、"法兰西最优秀的诗人"、"欧洲的良心"。

　　伏尔泰出生在巴黎一个富裕的中产阶级家庭，投身文学之前，曾给法国驻荷兰大使当过秘书，并与一名法国女子堕入爱河，两人私奔的计划被伏尔泰的父亲发现，被迫回国。1715年，伏尔泰因写诗讽刺当时摄政王奥尔良公爵而被流放。1717年，再因写讽刺诗被投入巴士底狱关押了11个月。在狱中，伏尔泰完成了他的第一部剧本《俄狄浦斯王》，在巴黎上演引起轰动，赢得了"法兰西最优秀诗人"的桂冠。1726年，伏尔泰又遭污辱并遭诬告，再次被投入巴士底狱，出狱后被驱逐出境，流亡英国。1729年，伏尔泰得到国王路易十五的默许回到法国，陆续完成和发表了悲剧《布鲁特》、《扎伊尔》、以及历史著作《查理十二史》等。1734年，伏尔泰正式发表了《哲学通信》，出版后即被查禁，巴黎法院下令逮捕作者。他逃至女友夏德莱侯爵夫人的庄园隐居15年。这期间他一度被宫廷任命为史官，并分别于1743年当选为英国皇家学会会员，1746年当选为法兰西学院院士。隐居生活使得伏尔泰的才能得到了发挥，写下了许多史诗、悲剧以及历史、哲学著作，如哲学和科学著作《形而上学》、《牛顿哲学原理》；戏剧《恺撒之死》、《穆罕默德》、《放荡的儿子》、《海罗普》；哲理小说《查第格》等。这些作品的发表使得伏尔泰获得了巨大声誉。

伏尔泰的诗歌作品有史诗《亨利亚德》、长诗《奥尔良少女》、哲理诗《里斯本的灾难》等，他的诗诙谐幽默，哲理性强，洋溢着启蒙时期的哲学思想。

《奥尔良少女》法文原版扉页

l'injure du temps.

Monsieur le Baron était un des plus grands Seigneurs de la
westphalie, car son château avait une porte et des fenêtres.
sa grande salle même, était ornée d'une tapisserie; tous les
chiens de ses basses-cours composaient une meute dans le
besoin, ses palfreniers étaient ses piqueurs, le vicaire du
vilage était son grand aumônier. ils l'appellaient tous
Monseigneur, et ils riaient quand il faisait des contes.
Madame la baronne qui pesait environ trois cent
cinquante livres, s'attirait par là une très grande
considération, et faisait les honneurs de la maison avec
une dignité qui la rendait encor plus respectable. sa
fille Cunégonde âgée de 17 ans était haute, en couleur,
fraîche, grasse, appétissante. le fils du baron paraissait
en tout digne de son père, le précepteur Pangloss était
l'oracle de la maison, et le petit Candide écoutait ses
leçons avec toute la bonne foi de son age et de son caractère.
Pangloss enseignait la métaphisico-théolo-cosmolo-
matto nigo-logie. il prouvait admirablement qu'il n'y a
point d'effet sans cause, et que dans ce meilleur des
mondes possibles, le château de Monseigr. le baron était

致夏德莱夫人

如果你想我再坠爱河
请还给我恋爱的年龄，
让我的生命首尾相连
不再分什么黄昏黎明。

时间抓住我的手臂，
通知我从此退出舞台，
别再成天跟酒神厮混，
更不要再谈情说爱。

时间严厉而且无情，
至少让我们悟出道理：
谁意识不到自己的年龄，
谁就会遭众人抛弃。

轻狂与荒唐的事儿
那是年轻人的专利，
我们的生活分成两段，
总有一段要稳重理智。

我看得清楚，人要死两回：
不再被人爱和不再爱别人，
这是难以忍受的死亡，
而不再活着，这算不了什么。

所以，失去年轻时的莽撞
我追悔莫及，感到惋惜，
我的灵魂充满了欲望
怀念过去的失足迷途。

这时，友谊从天而降，
前来把我拯救，
也许，它没那么热烈
却跟爱情一样温柔。

它异样的美让我动心，
它的光芒照亮了我的路，
我跟随着它。可没有爱情
只有友谊，我又有点痛苦。

伏尔泰各式头像

致贺拉斯

我已过那个年龄：你伟大的保护者，

像个杰出的演员，扮演着他的角色，

他感到死神包围着他的老迈之身，

当戏演完的时候，他想得到掌声。

我的寿比你长，诗却流传得比你短；

可我在墓边，思想一点都不敢分散，

专心致志地听你的哲学课程，

品尝生活的甘甜，蔑视死神，

阅读你充满哲理的美丽篇章，

如人们喝着回春的陈年佳酿。

人们从你那里学会了忍受贫苦，

明智地享受诚实的富足，

靠自己生活，帮助他人，

敌意的命运不妨嘲笑一番，

生活无论好坏都要超脱，

并感谢众神给我们生活。

同样，当我的脉搏急促而错杂，

使我床边的特隆鑫感到害怕，

当年老的阿特洛波斯，她很是严厉，

用剪刀逼近我细细的纱线时，

他看见我是怎么惊慌逃之夭夭，

他知道我的灵我的心是否变貌。

伏尔泰剪影

（1753～1814）

帕尔尼

　　埃瓦里斯特·德西雷·德·福日斯·帕
尔尼（*Evariste Desire de Forges Parny*）生于非
洲法属殖民地波旁岛（今留尼汪）一个富裕
的种植园主家庭。当时，安的列斯群岛等地
有许多白人后裔，被称为克里奥尔人。帕尔
尼就属此列。他是在法国雷恩念的书，起初
想当教士，所以学神学，但神学院枯燥刻板
的生活使他很不习惯，于是他转校攻读军
事，毕业后便在骑兵部队当军官。他在军中
组织了一个诗社，向一份名叫《缪斯年鉴》
的杂志投稿。1777年，他离开了部队，回到
非洲老家，在那里爱上了一个漂亮的克里奥
尔姑娘艾丝黛尔·特鲁萨伊，想娶她为妻，
但遭到了父亲的强烈反对。不得已，他只好
把这种感情寄托在诗歌当中。他把艾丝黛尔

化名为艾莱奥诺，写了许多情诗献给她，这些诗次年结集出版，取名为《情诗集》。不久，艾丝黛尔出嫁，帕尔尼受不了这种打击，再次远离家乡，前往法国。这时的帕尔尼仿佛变了一个人，吃喝玩乐，无忧无虑，过着优雅闲散的生活，并写些轻松放纵的诗，陆续出版了《诗歌小集》、《短诗集》和《马达加斯加歌谣》。1789年法国大革命爆发，帕尔尼兴奋异常，积极投入，但革命形势的发展出乎他的意料之外，他非但没有在革命中获益，反而险些遭殃。唯一使他痛快的是根深蒂固的教权也在革命中受到了冲击。他曾写过一部反宗教的讽刺诗《古今众神之战》，在当时反响很大。1802年，他又写了一部具有奥西昂风格的长篇牧歌《伊丝耐尔和阿斯莱加》，十分动人。1803年，他被选为法兰西学院院士。以后他还写过几部长诗，但都显得质量平平。

帕尔尼被当作是18世纪最伟大的爱情诗人。他在诗中歌颂爱情的甜蜜与幸福，感慨声色之乐的奇妙，诉说妒忌和别离的痛苦。他鼓吹享受人生，及时行乐。他的爱情诗写得大胆、热烈，却又掺杂着一丝忧郁和哀怨，显得特别真挚感人，加上他诗法灵活．讲究修辞，所以在当时深受欢迎，并影响了19世纪的许多浪漫主义诗人，拉马丁的《沉思集》中就有不少帕尔尼的影子。

除了情诗以外，帕尔尼的讽刺诗在当时也颇负盛名，尤其是《古今众神之战》。这部诗讽刺和嘲笑了奥林匹斯山的众神与基督新神的争斗，他把圣父、圣子、圣灵和圣母玛丽亚扯在一起，造成了一种强烈的喜剧效果，极尽亵神之能事。这部诗虽然写得痛快淋漓，但冗长、艰涩，文体单调，典型地反映了当时法国文坛的特点：题材开放，笔触大胆，但形式刻板单调。

帕尔尼还写过一部简短的散文诗《马达加斯加歌谣》。诗中既有痛苦的回忆，又有欢快的笑声，更多是激情的叫喊，鼓励人们大胆地爱，尽情地享受，反映出诗人享乐主义的人生观。诗人站在土著人的立场上，对白人的入侵和他们所谓的“文明”进行了揭露和控诉，歌颂了土著人的善良和纯真。这部诗以其强烈的异国情调和大胆热烈的真实感情吸引了许多读者，不少评论家把它当作是帕尔尼的代表作，认为其艺术成就超过《情歌》。帕尔尼可以说是法国文学史上第一个写散文诗的人，他给贝特朗和波德莱尔开辟了一条新的道路。

帕尔尼法文原著内页

明　天

你用抚爱讨我的欢心，
你不断地许愿和允诺，
可诺言何时履行？
你老是拖延推托。
明天吧，你每天都这样说。
我急得坐立不安，
爱神们等待的时刻
终于来临，我把你紧紧追逐。
明天吧，你还是这样说。
感谢仁慈的神灵，
直到现在，他仍给你
每天都焕然一新的本领。
可**时间**，它在经过之际
将用翼端触碰你的容颜，
从**明天起**，你的丽质将减，
而我，可能也不再这么急。

分　离

讨厌的义务捆住了我的手脚，
我在这平原已待了八天之多。
相信我的痛苦，可别为此难过，
爱情的痛苦，愿你感觉不到！
此处欢声笑语，大家都很欢喜。
年轻的朋友们吵吵嚷嚷无虑无忧，
可他们不能片刻驱除我的哀愁：
我的心已永远对快乐关闭。
我的低怨夹杂着他们的狂欢，
我日夜寻找着我心中的恋人，
可她已再也听不到我的呼唤。

以前，我能忍受远离的不幸，
因我仍有希望。今日的爱情
却再也经不起任何别离。
除了你，什么都使我厌恶。
啊！你剥夺了我所有的快乐，
我已失去了生活的一切乐趣。

只剩下了你，我的艾莱奥诺！

可有了你就已足够，众神可以证明：

我什么都没丢，只要你还爱我。

马达加斯加歌谣

（之二）

漂亮的奈拉亥啊，把这个陌生人带进隔壁的草房，在地上铺张席子，在席上支一张树叶编成的床，然后，把缠着你青春诱人的身躯的腰布松开。假如你在他的眼里看到了爱的欲望；假如他摸索着你的手，轻轻地搂起你；假如他对你说：来吧，漂亮的奈拉亥，咱们一起过夜，那你就坐在他的膝盖上。愿他的夜幸福，愿你的夜迷人；直到曙光升起，在他眼里看到他应已享受的快乐，你才回来。

（之五）

小心住在海滩上的那些白人。在我们的祖先还活着的时候，白人们登上了这个岛。人们告诉他们：这是土地，让你们的女人耕种。要公正，善良，做我们的兄弟。

白人们答应了，但他们筑起了防御工事。一种巨大的威胁产生了，青铜炮里藏着万钧雷霆，他们的教士想强加给我一个我们不认识的神。最后，他们终于打算控制和奴役我们了：我们宁可死！可怕的屠杀持续了很久，但是，尽管他们炮火倾泻，消灭了我们的全部军队，他们自己也全军覆没。小心白人！

　　我们看见更凶更多的新暴君在海滩上安营扎寨。老天为我们助战，把雨水、风暴和毒风倾泻在他们身上。他们全死了，我们还活着，我们自由地活着。小心白人，小心住在海滩上的那些白人！

（之八）

　　炎热中睡在茂密的树林下面，等待夜风带来清凉，非常惬意。

　　女人们啊，靠近点。当我在茂密的树下休息时，让我听听你们拖长音的说话声。请重复那个年轻姑娘在用手指梳理辫子或坐在稻田边驱赶贪食的鸟儿时唱的歌。

　　这歌使我心灵欢畅，这舞对我来说像吻一样甜蜜。愿你们舞步舒缓，表达出欢快的心情，沉浸在极乐之中。

　　夜风来临，月光开始透过山林，斜照进来。走吧，去做饭！

（1762~1794）

舍尼埃

安德烈·舍尼埃（*André Chénier*）是18世纪法国最著名的诗人。评论家皮埃尔·路易丝曾说，法国诗歌史只有三大页，第一页是龙沙不朽的诗篇，第二页是波瓦洛摧毁一切的诗歌革命，第三页是舍尼埃的诗歌理论和创作实践。舍尼埃复苏了一切。这种说法虽不无偏颇，舍尼埃在法国诗歌史中的地位却由此可见一斑。

舍尼埃生于土耳其君士坦丁堡，3岁随家人回到法国。舍尼埃的母亲是个具有相当修养的贵妇，爱好文学，在巴黎组织了一个文艺沙龙，吸引了许多文化名人。受环境影响，舍尼埃也迷恋于文学，如饥似渴地阅读各类名著，尤其是古希腊罗马的经典。在诗人勒勃伦的鼓励和指导下，舍尼埃开始写诗，《牧歌》的前半部分就写于这一时期。

舍尼埃的诗歌活动有两点值得我们注意：一是他的模仿理论及其诗歌实践，一是他的科学理想和充满自我的抒情。前者带有旧时代的痕迹，后者孕育了新时代的曙光。这两点奠定了舍尼埃在法国文学史上的地位，概括了他诗歌的基本特征。

在《论艺术兴衰之因》一文和《书简诗》中，舍尼埃提出了他的诗歌主张，尤其是长诗《创造》，集中地阐述了他诗歌观，堪称是他的文学宣言。舍尼埃首先提出写诗要模仿古人，要作古诗，因为古典诗歌特别是古希腊罗马诗歌是人类文化的精华，它们形式完美，结构严谨，音韵整齐，讲究炼字，而且真诚自然。但模仿并不是机械的、盲目的，而是有选择、有创造性的。要敢于在吸取前人精华的基础上超过前人。

与他模仿理论相呼应的是他的崇古倾向和诗歌实践。他指责时髦文学的华而不实，没有根基。他力图在各方面向古人靠拢，不但要使自己的作品重现古希腊罗马文学的光彩，而且要复兴古人的道德，让大家都了解古人的明智和美德。他写了一辈子的《牧歌》充分体现了这一思想。《牧歌》不但从古典作品中汲取灵感，而且还改写了许多古代神话和传说，并模仿荷马、维吉尔、萨弗写了不少诗篇。《瞎子》、《乞丐》、《病人》等篇都直接取材于《伊利亚特》和《奥德赛》两部史诗。

舍尼埃所处的时代，正是科学技术突飞猛进的时代。他醉心于时代的进步思想，并力图在诗中做出反映。他在社会历史、宗教道德和自然科学方面都做了研究和思考，立志把周围的世界都变成他诗中的主题。《美洲》一诗他计划写一万余行，用来记述探索地球奥秘的每一步，他要把这部诗写成"人类智慧才能的史诗"，写成"对盲目与迷信的控诉"。《荷马》是他计划写的另一部长诗，准备分三大部分从理性和宗教两方面来研究和解释人类社会的思想起源和发展脉络。可惜他死得太早，这两部诗都没有写完。

但舍尼埃诗歌中最本质的精髓还是抒情，即使是科学哲理诗或讽刺诗也回荡着抒情的旋律，可以说，抒情是贯穿他全部诗作的一条红线。他的诗感情真挚，凄婉动人，尤其是他的抒情诗，具有十分强烈的自我个性。诗中处处从"我"的角度去看待一切，感受一切，抒发一切。《哀歌》和《牧歌》是舍尼埃最重要的两部抒情诗集，其中不乏脍炙人口的名篇。友情的甜蜜、爱情的痛苦、对往昔的思念和对未来的憧憬在《哀歌》中表现得淋漓尽致。《牧歌》则以抒情的笔调追忆过去光辉的岁月和动人的场景，描写悠闲舒适、质朴自然的乡村生活，真实地反映了未遭现代文明蹂躏的村民们的道德观念、生活习俗和内在感情。他在古诗的框架中表现现代生活，使诗洋溢着古典的美，散发出恬静宁馨的田园气息。

舍尼埃的诗从古典主义脱胎而来，带有许多旧的痕迹，但他的浪漫激情和科学思想又揭开了新的一页。作为过渡时期的一个承前启后的诗人，舍尼埃在古典主义和浪漫主义之间架起了一座桥梁。浪漫主义诗人和巴那斯派都不约而同地把他当作是自己的先驱，雨果说舍尼埃"开创了一代诗风"，他的诗是"刚诞生的新诗"，戈蒂埃称他是"现代诗歌之父"。不管这些评价是否存在着夸张的成分，至少有一点是无可置疑的，即在诗歌冷落萧条的18世纪，舍尼埃是法国"唯一的真正的诗人"。

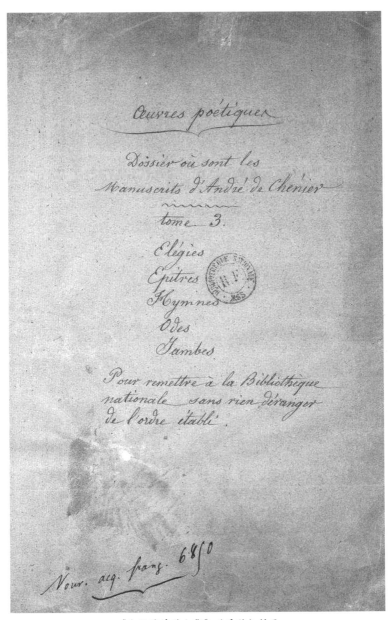

Œuvres poétiques

Dossier où sont les
Manuscrits d'André de Chénier
tome 3.

Élégies
Épîtres
Hymnes
Odes
Iambes

Pour remettre à la Bibliothèque
nationale sans rien déranger
de l'ordre établi.

Nouv. acq. frang. 6850

《舍尼埃诗歌全集》（手稿）封面

创 造

（节选）

没有创造性的模仿者，如过眼烟云；

黑夜来，身依旧，影子却荡然无存。

只有创造者能得到生活的青睐：

骄傲的泰晤士河，它的子孙后代

个个桀骜不驯，思想开放；①

我们要学你们②超你们；

你们的荣耀持久灿烂，

我们从中汲取无穷的力量。

可创造不是粗暴地抛弃，

不是无视事实违背常理；

不是把互不相关的东西，

胡乱堆在一座巨像之上；

不是水中养鸟，空中养鱼，

骑着秃鹫去开大海的胸腹；

更不是把血淋淋的狮毛

插在美少女漂亮的额角：

发疯的狂热，可怖的怪物！

---

① 舍尼埃像伏尔泰一样，认为英国的开明政治使英国人思想活跃，艺术上敢于创新。
② 此处指古人。

XIXe
SIÈCLE

十九世纪

瓦尔莫

玛瑟琳·德博尔德-瓦尔莫（*Marceline Desbordes-Valmore*）是法国杰出的女诗人之一，19世纪的许多诗人包括拉马丁、兰波、波德莱尔和魏尔伦都对她十分推崇。兰波曾说："我们大声而明确地宣称，德搏尔德-瓦尔莫夫人确实是唯一的女才子，可与萨弗和大德兰相媲美。"

瓦尔莫生于德博尔德的一个小资产者家庭，父亲是制作纹章的工艺画家，18世纪末的政治变化不但使父亲倾家荡产，而且还使他命归黄泉，瓦尔莫是在极其艰苦的条件下度过童年的。1801年母亲带领孩子们去安德列斯群岛淘金，一路上历尽千辛万苦，母亲中途病逝。为了谋生，瓦尔莫只好去当演员，在作曲家格雷特里的帮助下，进入了喜剧院。她演技出色，尤其是她扮演的罗丝娜（博马舍《塞尔维亚的女理发师》中的女主人公）深受观众喜爱。1817年她与一喜剧演员结婚成家，婚后因抚养孩子无法再外出演戏，于是便在家里写作，1819年出版处女作《诗歌集》，回忆母爱的温暖，诉说爱情的甜蜜，感情真挚而自然，受到浪漫派诗人的高度评价。圣伯夫多次赞扬她的诗，并欣然为她的诗选作序，这使她声名远扬，从此她告别舞台，专心从事诗歌创作。

瓦尔莫的诗形象鲜明，语言优美抒情，感情细腻，既有拉辛式的辛辣，又有行吟诗人的诙谐；有孩童般的天真，也有宗教的虔诚。她的诗歌在旋律和句法上不落窠臼，大胆创新，给现代诗铺垫了道路。她在音乐性方面的尝试先于魏尔伦，在印象主义方面的探索也给了阿波里奈尔不少启示。她的抒情诗中表现出一种崇高的献身精神，非常动人，给诺阿依以深刻的影响。

Les Roses de Saadi.

J'ai voulu ce matin te rapporter des roses;
Mais j'en avais tant pris dans mes ceintures closes,
Que les nœuds trop serrés n'ont pu les contenir;

Les nœuds ont éclaté; les roses envolées
Dans le vent, à la mer s'en sont toutes allées;
Elles ont suivi l'eau pour ne plus revenir.

La vague en a paru rouge et comme enflammée.
Ce soir ma robe encore en demeure embaumée...
Respires-en sur moi l'odorant souvenir!

                Marceline Desb. Valmore

瓦尔莫手迹

萨迪的玫瑰

今晨我想送你玫瑰花，
可我贪心不足摘太多，
塞得腰间鼓鼓装不下。

腰带断。玫瑰随风散，
统统飘入大海中，
随波流，一去不复返。

可海水变红色，似乎着了火。
今晚，我的裙子仍将芳香溢……
你闻闻，我身上芬芳的回忆。

晚上，他惊慌失色刚开口

晚上，他惊慌失色刚开口
声音就突然颤抖然后沉默：
当他抬起滚烫的眼皮昂起头
用自己遭到的悲伤刺痛我，
当他的面容被不灭的火焰照亮
　　显得更加动人，
强烈地印在我的心灵深处，
　　他不爱，我爱！

他的模样，像一个梦

他的模样，像一个梦，
永远跟随在我身旁；
我潜入纯净的水中，
它仍紧追不舍不放松。
我浑身颤抖，猛地跳进
清凉的流水，无济于事，
他总是滚烫火热的模样
一直逃到我心底。

为了施展他的魅力，
如果我仰头看云看天
会发现天空与泪水之间
他的模样在我眼前飞舞，
比花言巧语者还要温柔，
负心汉也最多不过如此，
然后，它像清波似地逃走，
我的手啊怎么也抓它不住。

我总是为我的孩子哭泣

我总是为我的孩子哭泣，没有他的美，
我生命中的一切都失去了光彩。
在这个世界上，他是我唯一的渴望，
可现在我不再等待，因为死神不让。

在朝开暮落的花中我又见到了他：
花开花谢纯粹是为了微笑和毁灭，
我的孩子在母亲怀里微笑，像花，
然后慢慢地走向死亡，黯淡凋谢。

只要我的灵魂陷入忧郁和悲伤
我便到处都能见到他的影子，
当日光不再洒向我的眼睛，我的目光
仍能看见他：他是否就在我心里？

我温柔的孩子啊！我的至爱！
还有什么爱能把你替代？儿子，
我不是要拴着你看住你的主宰，
可你不变的形象它永远都属我！

啊，在他身边度过的一刻

啊，在他身边度过的一刻
　　至今仍历历在目！
由于你，未来给我的所有幸福
　　全被锁进了回忆。

我再也见不到也听不到它，
　　也不敢再把它等待，
如果说我还能忍受未来，
　　那是因为回忆。

时间治不好我的伤痛，
　　我已不抱希望，
可在未来，我却不想
　　失去回忆。

最后的约会

我唯一的爱！请抱紧我。
如果死神想让我先走，
我感谢上帝：你爱过我！
这甜蜜的结合没持续多久，
可花儿不也只在春天斗艳？
玫瑰死后仍余香缭绕。
可是，当你并拢双脚，
前来跟我低声说话，
你难道怕我听不到？

我会听见的，我的唯一！
如果你失去勇气，
最后的日子会过得艰难；
夜里，我不会吩咐你，
只是轻轻地把你抱怨，
告诉你："上帝原谅了我们！"
然后，我用上天给予的声音
低声向你描述天庭：
你难道怕自己听不到？

我将转身，独自离开，
在天堂门口把你等待，
求上帝快快把你解救。
啊，也许我应该待得更久，
在那里多度过几天时光，
以减轻一点你的痛苦；
然后有一天，我满怀希望
前来松开你的双脚；
你难道怕我不会来？

我会来，因为你也会死，
而且一如既往地爱我；
就像两只忠诚的鸽子
被阴郁的日子狠心拆散；
为了登上生命不朽的天堂
我们将彼此连接起翅膀！
在那儿，好日子没有尽头，
当上帝低声允诺我们的时候
你难道以为我没有听到？

Lamartine

(1790~1869)

拉马丁

　　阿尔封斯·德·拉马丁（*Alphonse de Lamartine*），贵族出生，在宁静的乡村度过幼年，学生时代受维吉尔、贺拉斯和夏多布里昂作品的影响和熏陶。他是法国最早的浪漫派抒情诗人，也是一位杰出的社会活动家和职业政治家，曾任王家禁卫军，拿破仑百日统治时流亡瑞士，路易十八第二次复辟后回巴黎，开始外交生涯，在法国驻意大利使馆工作，1829年被选为法兰西学院院士，1848年二月革命后出任外交部长，后为临时政府实际上的首脑，年底在总统选举中败于拿破仑三世，退出政坛。多年的政治生活使他债台高筑，晚年潜心文学创作，忙于笔耕还债，1869年在贫困中死于巴黎。

　　1816年秋，拉马丁在法国东南都温泉

区疗养时，认识了一位老科学家的年轻妻子朱丽，两人相恋。次年，他赴巴黎与朱丽幽会，尽享爱情的甜蜜。几个月后，他们再度约会，却不见朱丽身影，拉马丁在失望和惆怅之中写下《湖》，这是他的名篇之一。后得知朱丽病故，他悲痛欲绝，写下了许多感叹爱情、时光、生命消逝的诗篇，后结集为《沉思集》。这是拉马丁的第一部诗集，其中有许多脍炙人口的名诗，如《孤独》、《谷》、《秋》等，在法国至今仍妇孺能诵。《沉思集》给人以轻灵、飘逸、朦胧和凄凉的感觉，着重抒发内心深切的感受。这些诗重新打开了法国抒情诗的源泉，为浪漫主义诗歌开辟了新天地，被认为是划时代作品。

除了《沉思集》，拉马丁还著有诗集《新沉思集》、《诗与宗教和谐集》。他的诗非常抒情，感情自然，语言朴素，节奏鲜明，一扫数百年来笼罩在法国文坛的理性至上、自我压抑的沉闷空气，对十九世纪初的法国文坛起到了振聋发聩的作用，催生了雨果、乔治·桑、维尼等一代浪漫派大师。

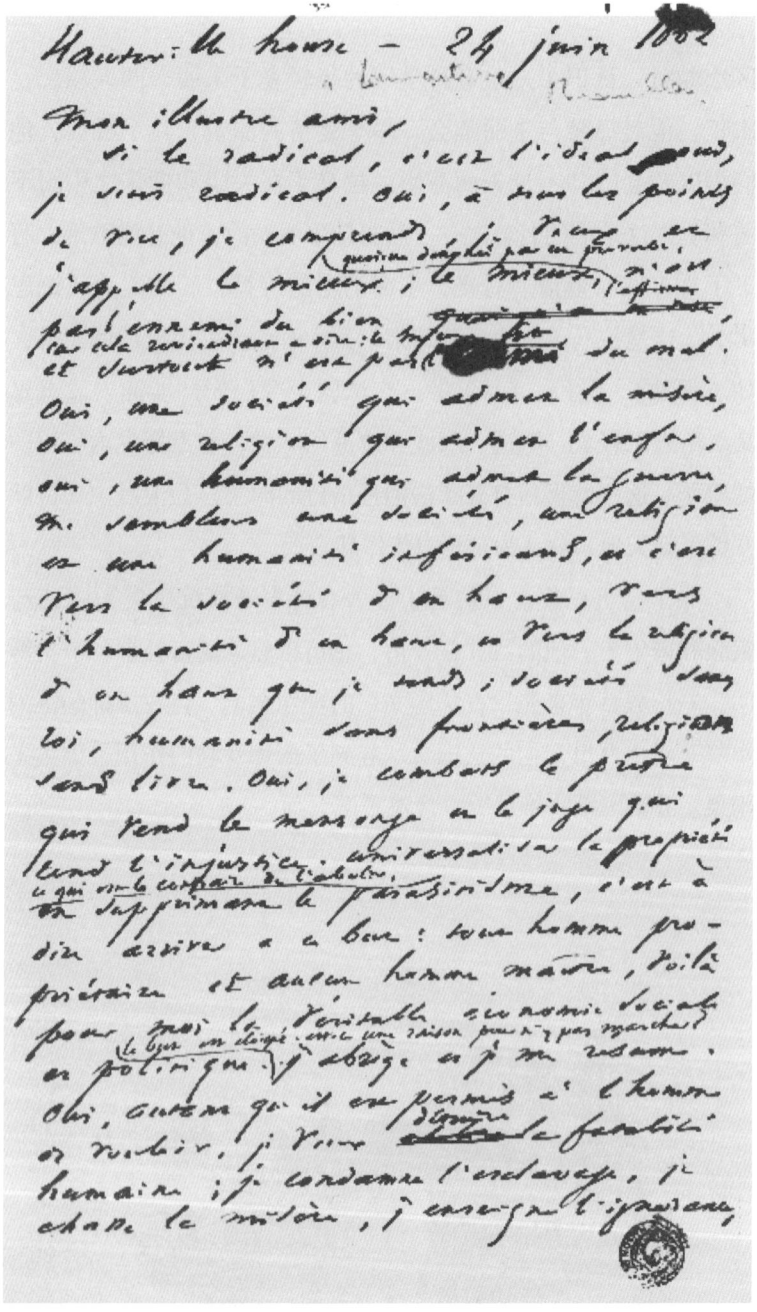

拉马丁手迹

湖

就这样，总被推向新的岸边，
被带入永恒的黑夜一去不返，
难道我们永远不能
在岁月的海洋抛锚，哪怕只是一天？

湖啊，三百六十五天已经过去，
她也该回来看看这亲爱的波浪，
看哪！在你曾见她所坐的湖边
我独自一人坐在那块石头之上。

你在这高高的悬崖下咆哮拍打，
在破裂的石壁上撞了个粉碎；
风把你白色的浪花
抛到她可爱的脚上。

你可曾记得，有个晚上，
我们默默地划船，海天之间
只听见传来哗哗的桨声
划破你和谐的波浪。

突然，迷人的湖岸

传来人间陌生的声音；

波浪屏息倾听，

有人在可爱地祈愿：

"时间啊，别那么行色匆匆！

幸福的时光啊，请停一停。

让我们好好享受良宵美景，

它转眼就会消失得无影无踪。

　　"很多的不幸者在向你哀求，

　　流逝吧流逝吧，为了他们；

　　把折磨他们的痛苦快快带走，

　　忘却我们这些幸福之人。

　　"可我的请求它毫不理睬，

　　时间仍匆匆飞逝匆匆流走；

　　我对这黑夜说：'且慢离开。'

　　可抬头已见东方发白。

　　"那就让我们相爱，快快相爱，

　　享受这短暂的温柔！

　　人没有港口，正如时间没有彼岸；

　　它不断流逝，我们也永远在走！"

　　爱情给我们的幸福时光

　　莫非时间也感到了妒忌？

　　快乐难道也跟不幸一样

　　飞逝得那么迅速？

　　什么？我们竟连幸福的痕迹都留不下来？

　　什么？永远流逝了？什么？一切都失去了？

　　时间把它给了我们，又把它从我们这儿夺走，

　　而且不想归还！

十九世纪

永恒，虚无，过去，阴森的深渊，
你们吞食那些日子又有何用？
请告诉我，你们偷走的这些狂欢
是否打算还给我们？

湖啊，无语的岩石，洞穴，幽暗的森林！
时间放过了你们，或让你们返老还童，
留住这个夜晚吧，留住它，美丽的大自然，
至少也要牢牢地记住它。

美丽的湖啊，让你平静时有它
狂怒时也有它；把它留在你微笑的湖畔，
留在漆黑的树间，留在水面
那些怪石嶙峋的缝隙中。

让它停留在颤抖着流过微风中，
停留在你岸边的回音里，
停留在银光闪闪的星辰，
柔和的星光照得湖面雪白一片。

让颤抖的风和叹息的芦苇，
让你温馨的风轻柔的暗香，
让人们听到、看到和呼吸到的一切
都这样说：他们爱过！

法文版《拉马丁诗集》插图

秋

你好！尚余最后一抹绿色的森林！
你好，飘落在草坪上的遍地黄叶！
最后的美好日子！大自然的悲悯
恰似我的哀伤，却愉悦我的眼睛！

我梦游般踏上孤独的小路，
想最后一次，再见一见
这苍白的阳光，它微弱的光线
艰难地照进我脚边黑魆魆的树木。

是啊，在这大自然即将谢幕的深秋，
它那轻纱笼罩的眼睛格外迷人；
这是友人的告别，嘴边最后的微笑，
死神将永远合上这苍白的双唇。

我准备离开这生者的世界，
悲泣漫长的岁月希望破灭，
我一步几回头，目光恋恋
凝视着我尚未享用的一切。

大地、阳光、山谷，美丽的大自然，
我在进入坟墓之前忍不住落泪，
空气如此芬芳！天又这般的蓝！
在一个垂死者的眼里，阳光多明媚！

现在，我想一饮而尽，
喝光这蜜糖与苦胆酿造的酒，
它映照着我的生命，
杯底或许留有一滴甜蜜。

也许我的未来并未完全丧尽，
希望破灭之中幸福它又回过头？
也许，人群中，有个陌生人
会懂我的心，回答我的疑问？

花儿落了，把花香交给微风；
那是它的告别方式，告别阳光与生命；
我也要死了，我的灵魂在消失的时候
将发出悲伤而动听的声音。

（1802~1885）

雨　果

　　维克多·雨果（*Victor Hugo*）是至今公认
的法国最伟大的诗人。他集抒情诗人、政治
讽刺诗人与史诗诗人于一身，在法国诗坛上
享有至高无上的地位。

　　雨果的父亲是拿破仑军队中的将军，母
亲信奉旧教，是波旁王朝的拥护者。雨果童
年时随军去过意大利、西班牙。拿破仑失败
后，他在巴黎读完中学后入法学院。他辛勤
笔耕近70年，写了26部诗集，被誉为法兰西
民族诗人。

　　1822年，雨果出版了《颂诗集》，因拥
护波旁王朝而获得路易十八的年金赏赐。图
卢兹学院因颂诗《摩西在尼罗河上》而授予
他"文艺竞赛硕士"的光荣称号；夏多布里
昂盛赞颂诗《贝里公爵之死》，称他为"卓

尔不群的神童"。

1828年，雨果把之前创作的旧诗编成《颂歌与谣曲》，诗集中的《双岛赞》是对拿破仑一世的热情讴歌，大受好评；《铜柱颂》突出了拿破仑的高大形象，显示了法国积极浪漫主义文学运动未来的领袖已与自己过去的信仰决裂，标志着他的思想臻于成熟。1829年，他又在充满浪漫主义的华丽色彩与浓厚的异国情调的《东方集》中表现了向往自由、追求解放这一新的主题。

七月王朝期间，雨果有四部诗集相继问世：《秋叶集》、《暮歌集》、《心声集》与《光影集》，对七月革命作了热情洋溢的赞美。《沉思集》是最受读者喜爱的诗集之一，追怀早夭的长女莱奥波尔迪娜而写的以《在维尔界》、《明天，天一亮》为代表的一组伤悼诗堪称是法国抒情的佳作；《丽斯》则从一个侧面显示了雨果丰富而奔放的感情：诗人其时已过不惑之年，但回想起青梅竹马、两小无猜的儿时侣伴，依然一往情深，令人神往。《咏史集》犹如一部人类发展史的诗体传奇，显示了雨果这位史诗诗人惊人的才华。

雨果善于谋篇布局，往往以鲜明的对比来加强诗歌的艺术效果。他的诗具有色彩瑰丽的意境、奇特巧妙的想象、丰富生动的语言、独具匠心的结构、反复吟咏的旋律，感情奔放。

十九世纪

当一切入睡

当一切入睡，我常兴奋地独醒，
仰望繁星密布熠熠燃烧的穹顶，
我静坐着倾听夜声的和谐；
时辰的鼓翼没打断我的凝思，
我激动地注视这永恒的节日——
光辉灿烂的天空把夜赠给世界。

我总相信，在沉睡的世界中，
只有我的心为这千万颗太阳激动，
命运注定，只有我能对它们理解；
我，这个空幻、幽暗、无言的影像，
在夜之盛典中充当神秘之王，
天空专为我一人而张灯结彩！

既然我的唇触到了你满满的杯

既然我的唇触到了你满满的杯，

既然我苍白的额放在你双手里，
既然我已吸到过你灵魂的呼吸——
那深藏在阴影里的隐秘香气；

既然我已有机会听你轻轻说出
那些话——那是神秘的心的吐露，
既然当我们嘴对着嘴，眼对着眼，
我已经见过你笑，见过你哭；

既然我见你永远蒙雾的星星
在我迷狂的头上洒下了一线光辉，
既然我看见，从你时光的玫瑰
撕下了一瓣，落进我生命的流水——

我现在已能向飞逝的岁月宣布：
逝去吧！我已没有什么可以老去！
带着你那些凋谢的花儿离去；
我心中有一朵花，谁也不能摘取！

你翅膀的扑击打不翻我的壶，
此壶我已灌满，永远够我解渴。
你所有的灰盖不住我灵魂的火，
我心中的爱比你能湮灭的更多！

法兰西

法兰西！你在地上俯伏，
暴君的脚踩着你的头，
但声音将从洞穴传出，
引得被锁者激动颤抖。

一个流放者屹立海滩，
面对星空，朝向大海，
他在黑暗里发出呼喊，
声音仿佛从梦中传来。

他的声音含有威力，
有光芒从话中射出，
恰似如林的手臂
握着利剑穿透夜幕。

他的话使大理石害怕，
昏黄的山峰也感心悸，
还有那树林的头发
也会在夜空之下战栗。

这声音是洪亮的铜钟，
是驱逐乌鸦的呐喊，
是一股人所未知的风，
使坟上的草叶发颤。

卑鄙的凶手和压迫者
都被他钉上耻辱柱！
他召唤心灵集合，
如同征召战士入伍！

这声音如暴雨如风雷，
在各民族上空飞旋徘徊：
"如果活人都在沉睡，
那么就让死者醒来！"

波阿斯①的梦

（节选）

波阿斯在自己田里干了一天活，

已经躺下了，由于过度的劳累。

在惯常的位置铺好了卧处，

波阿斯傍着满满的谷桶入睡……

睡着如同雅各，睡着如同犹滴，

波阿斯躺在树荫里闭着眼睛。

这时分天门为他悄悄开启，

从天上给他降下一个梦景：

波阿斯梦见一棵橡树从他腹部

向蓝天生长，一整个家族谱系

宛如一条长链，不断向上延续——

下端有君王歌唱，而顶上有神死去。

发自心灵，波阿斯喃喃自语：

---

① 波阿斯和路得是圣经人物。据《圣经·路得记》，摩押（今约旦）女子路得嫁与逃荒来的以色列人，不幸丧夫，灾荒过后婆母回乡，路得见婆母孤寡无助，决意同往协助。婆媳俩一无所有，靠路得拾麦穗充饥，得到本族老人波阿斯的同情照顾。后波阿斯按神意娶路得为妻，从他们开端的是一个荣耀的家族谱系：曾孙大卫是统一以色列的第一个国王，玄孙是以智慧闻名的所罗门王，而梦第三十代孙是耶稣基督。

"我怎么可能有这样的后代？
论年龄，如今我已八十有余，
膝下无子，我女人也已不在……"

波阿斯在梦中说着，神迷心醉，
以睡意蒙眬的眼光仰望着神。
雪松不知它根边有一株玫瑰，
他也不知他脚下有一个女人。

当他睡熟时，摩押女子路得
已睡在波阿斯脚下，裸露胸脯，
盼着那无人知晓的神秘光照
在觉醒时突然照临而降福。

波阿斯并不知已有女人在场，
路得也不知上帝对她的期望。
阿福花丛里升起阵阵清香，
夜的呼吸在加耳加拉空中飘荡。

幽幽夜色为他们祝婚，庄严隆重，
朦胧中，无疑有天使们在飞翔，
因为有人不时看见：在黑夜中
闪着青蓝的影，像是天使的翅膀……
路得安睡着，波阿斯安睡着，

草地幽暗，隐约传来牛铃的颤音。
天上降下一片巨大无边的吉祥，
值此狮子去饮水的安静的时辰。

在乌耳，在耶利麦得，一切休息，
群星闪烁装点着深沉的夜空；
一弯精美的新月在西天星花间
金光灿灿。路得凝神，一动不动

寻思着，半睁着面纱下的双眼：
哪位天神，永恒夏季的收割者，
收工时这么粗心，将一把金镰
丢弃在这片繁星茂密的田间。

六月之夜

夏日的黄昏，遍地鲜花的平原
把醉人的芳香洒得天高地远；
闭上眼睛，喧闹声若现若隐，
睡意沉沉却睡得半熟不醒。

天空纯净，阴影显得更为漂亮；
永恒的苍穹朦朦胧胧半暗半明；
温柔而苍白的黎明在等待日出，
它似乎整个晚上都在天边游荡。

Nerval

(1808~1855)

奈瓦尔

热拉尔·德·奈瓦尔（*Gérard de Nerval*）在法国诗歌史上具有举足轻重的地位，法国现代诗诸流派都能从他那儿找到渊源，象征主义和超现实主义则把他当作是各自的先驱和鼻祖。

奈瓦尔生于巴黎，父亲是军医，母亲早亡。他从小就失去母爱的温暖，把母亲想象成一个虚幻易逝的梦。他与戈蒂埃是中学同学，两人都积极投身于浪漫主义运动，并与一帮年轻、冲动的文学浪子打成一片。奈瓦尔的散文诗《浪子小城堡》和《风流浪子》就是写这一时期的生活的。

奈瓦尔喜爱德国文学，曾译过歌德的《浮士德》、霍夫曼的《奇异故事集》，并效仿着写了一部半奇幻半幽默的作品《荣誉之手》。同时，他也写些龙沙式的抒情小诗，如《哀歌》和《小颂歌》。其中有清新明快的《卢森堡公园的小路》，也有充满哲理和玄思的《黑点》和《遐思》。《遐思》已显示出梦幻在他的精神生活中的地位和作用，这种梦幻后来在《幻象》和《奥莱丽娅》中达到了高潮。

奈瓦尔被称为"梦幻诗人"。《幻象》和《奥莱丽娅》这两部作品被当作是法国诗的顶峰之作。他认为梦是个人经历的反映，是另一种生活。在梦中"精神世界朝着我们敞开"、"自我在另一种形式下继续着存在的生命"。在他的诗中，现实生活和个人回忆都被梦幻所变形，个人的经历与全人类的经验密切相关。他认为我们熟悉的现实世界和梦中的超现实世界之间有一种神秘的契合。所以，一切都有两副面孔，一朵花、一个吻都有其内在的象征意义。幻象绝非是文学的虚构，而是绝对的真实。所以他力图简单、朴实地记录其梦中的经历，清醒地分析威胁其理智的梦幻，以达到一种新的认知形式。

奈瓦尔的诗形式凝练，意象朦胧，《幻象》充满了暗示和象征，带领我们超越时空。诗的跨度大，跳跃性强，朦胧晦涩得往往使人无法读懂。奈瓦尔自己说过，《幻象》中的十四行诗是无法解释的，一经解释便会失其魅力。

如果说奈瓦尔的格律诗是梦幻之作，他的散文诗则是在清醒地描述和记录其精神错乱和迷幻的历程，《奥莱丽娅》和《西尔维》既有东方的辉煌，又有神秘的幻象和温柔的忧郁，朦朦胧胧，半明半暗，试图在现实与梦幻之间找到平衡，它们既是《幻象》的补充和阐发，也是解读奈瓦尔的一把钥匙。

Quatrain.

Sur un reçu de mille francs, que m'avait
rendu M. Milland
à qui j'avais rendu sept cents francs
=
Je n'en ai pris que cent écus.
C'est bien mesquin pour mon paraphe.
Ce papier banal n'aura plus
Que la valeur de l'autographe!

Gérard de Nerval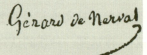

1er Novembre 1854

奈瓦尔手迹

黑 点

盯着太阳看，谁都会发现
有个灰黑色的斑点，
在空中不断地飞。

年轻时我更为大胆，
曾盯着荣誉看，
一个黑点，留在我贪婪的眼中。

从此，它像是一个悲哀的印迹，
无处不在，眼睛看到哪里，
哪里就有这黑点的行踪。

什么，总是这样？永远在我与幸福之间！
啊！只有鹰——我们是多么可怜！——
能平安地凝视太阳和荣誉。

十九世纪

安泰①的子孙

你问我为什么这般狂怒气愤，
柔软的衣领上竖着不屈的脑袋，
因为我是安泰的子孙后代，
我调转标枪对准得胜的神。

是的，我也是其中之一，受复仇之神鼓动
他用吻把狂怒印在了我的额头，
苍白无力的亚伯②，满地血流，
有时，我也有该隐擦不掉的残红！

耶和华③！最后一个，被你的神灵战胜，
你在地狱深处大喊："暴政啊专制！"
是我的祖先柏洛④或我的父亲大衮神⑤……

他们三次把我按进科西特的水里，

---

① 希腊神话中的巨人，他在格斗时只要身不离地，就能不断从大地母亲身上吸取力量，因此所向无敌。
② 《圣经》中亚当与夏娃的次子。该隐的弟弟。后被嫉妒的该隐杀死。
③ 《圣经》中的神。他创造了天地万物和人类，无所不能。
④ 希腊神话中的埃及王。
⑤ 《圣经》中非利士人的主神，司农业。

我独自保护着我的母亲亚玛莱西特，

在她脚边重新播种着老龙的牙齿。

阿耳忒弥斯①

第十三个回来了……还是第一个

总是唯一的——或者说是唯一的时光；

因为你是王后，是第一个还是最后一个？

你是国王，你是唯一的还是最后的情郎？……

毕生爱你的那人，你要好好地爱他；

我钟爱的女人还温柔地爱我。

那是死亡——或死亡的……哦，快活啊，难过！

她手中的玫瑰，是蜀葵而非鲜花。

满手是火的是神圣的那不勒斯人，

紫心的玫瑰，圣古都尔②的花

你可在天上的荒漠找到了你的十字架？

落下来吧，白玫瑰！你们侮辱我们的众神，

白色的幽灵，从你们燃烧的天上落下来吧。

　　——深渊里的圣人在我们眼里比你更加神圣！

---

① 希腊神话中的月亮和狩猎女神，即罗马神话中的狄安娜，她以贞洁著称，但很残忍。
② 布鲁塞尔的女主保圣人。

奥莱丽娅

（节选）

这会儿，对我来说，我将称之为现实生活中梦幻流露的东西又出现了。从此刻起，有时一切东西都带有两副面孔——可理智绝未失去逻辑，记忆也没有忘记所遇到的哪怕最小的细节。只是，我表面荒诞的行为服从了人们根据人类理性把它叫作幻觉的东西……

这念头我产生了许多次：在生命中的某些重要时刻，外部世界的这种精灵变成普通人的模样突然出现，影响或试图影响我们，但这个人没有知觉或记忆。

我的朋友见他的努力无济于事，也许他以为我被某个能通过行走使其平静下来的顽念所折磨，便离开了我。我一人独处，努力站起来，朝着我一直用眼睛盯着的星星的方向上了路。我走着，唱着神秘的赞歌，这赞歌，我记得好像从另外某个人那儿听到过，它使我充满说不出来的喜悦。与此同时，我脱掉世俗的衣裳，把它扔得到处都是。路似乎一直在升高，星星在增大。后来，我伸出手臂，等待灵魂将与肉体分离的时刻，灵魂已在星光中被磁铁般地吸住了。这时，我感到一阵战栗；心中产生了对大地、对我爱的那些人的惋惜之情，我在心中如此强烈地请求吸引我的精灵，以至于我觉得我又下凡回到了人间。一个夜间

巡逻队围住我：这时，我觉得自己变得很大，充满电力，我将掀翻接近我的一切。当我集中精力对付迎接我的士兵的武力和生命时，某些事很有喜剧性。

假如我认为作家的任务只是真诚地分析他在生命的重要时刻所感受到的东西，假如我已为自己确定了一个我相信有用的目标，我将就此停住，不再试图描写我接下去在一系列也许荒诞或普遍病态的幻象中感受到的东西……我躺在行军床上，相信看到天空云遮雾挡，然后云开雾散，出现无数神奇的美景。被解放了的灵魂，似乎对我显示了它的命运，好像是为了向我表示它后悔曾想用我的一切精神力量从我想离开的大地抽回脚……一个个巨圈映在无限当中，如同身体跌入水中形成的涟漪；每个地区都布满容光焕发的面孔，染上色彩，活动着，然后逐一融化，有个神灵，一直是同一个，微笑地甩掉它偷偷戴上的各式面具，最后躲在亚洲神秘辉煌的天空之中，谁也抓不住它。

※　　※　　※

火焰吞噬了这些和我心中最痛苦的感情又绞在一起的爱情与死亡的圣物。我怀着姗姗来迟的痛苦和内疚去乡村散步，试图在行走和劳累中麻痹思想，也许是增强坚定的信念，以使晚上的睡眠不再那么痛苦，带着我梦中产生的这种想法，如同向人显示一种与精神世界的联系，我希望……我仍在希望！也许上帝会满足于这种牺牲——这时，我停了下来，断言我当时的精神状态只由爱情的回忆所引起，这

未免太傲慢。不如说我违心地用极放荡的生活来躲避更深的内疚。在那种生活中，邪恶往往得胜，我只有感到不幸的打击时才会发觉其错误。我觉得甚至不值得再去想那个女人，我在她活着的时候折磨过她，在她死了以后还折磨她。我只欠她温柔、神圣的怜悯、最后一道歉意的目光。

晚上，我只睡着了很短一段时间。小时候照顾我的一位妇人出现在我的梦里，指责我以前犯的一个十分严重的错误。我认出了她，尽管她比我最后见到她的那段日子要老得多。这甚至使我痛苦地想起我在她弥留之际曾拒绝去看她。我好像觉得她对我说："你哭这个女人比哭你的老祖宗们还伤心。你还怎么希望得到原谅？"梦变得模糊了。我在不同时期认识的人，他们的面孔在我眼前一闪而过。他们络绎不绝，清晰起来，又暗淡下去，重新跌入黑夜之中，如同断了链的念珠。接着，我隐约看见一些造型很美的古画像，它们出现在那儿，待在那儿，象征着某些东西，我费了好大的劲才弄明白是什么。只是，我相信这意味着："这一切全都是为了教给你生活的秘密，而你没有明白。宗教和寓言，圣人和诗人联合起来解释这个极富诱惑力的谜，可你难以表达……现在，已经太晚了！"

我起了床，满心恐惧，心想："这是我最后的日子！"时隔十年，我在这故事第一部分所写的同一念头又回到了我的脑海。甚至更活跃更吓人。上帝留给了我这段时间让我忏悔，可我一点都没有利用——在"石头宾客"来访之后，我又坐在了盛宴旁！

黛尔菲卡①

达芙涅②，你可知道这支抒情古歌，
在无花果、白月桂、橄榄树荫中，
在桃金娘或颤抖的垂柳荫中
不断重新回荡的这支爱之歌？……

这座圆柱巍峨的神庙，你可认得？
你可认得留着你牙印的苦柠檬？
还有沉睡着古代龙种的岩洞——
古龙虽败，龙种还威慑不速之客？……

你为之哭泣的神们将要回来！
古代的风范和祭礼将要重现，
预言的气息拂过之处，大地震撼。

---

① 指阿波罗神庙有预言能力的女祭司。阿波罗神庙的所在地是希腊德尔菲，奈瓦尔从地名衍生出黛尔菲卡这个名字。
② 希腊神话一河神之女，阿波罗爱上她，达芙涅在逃不掉阿波罗追逐时，求神助而化作月桂树。作此诗时奈瓦尔正从法国赴意大利，在马赛港等船时邂逅一位英国姑娘，曾一同在海滨游泳，奈瓦尔称她作"达芙涅"。

但此刻，有拉丁容颜的女先知

还在君士坦丁的拱门①下安眠，

严峻的柱廊还未受到任何扰乱。

迷尔桃②

我思念你，神圣的魔女迷尔桃，

我思念波西利波③的万朵火焰，

思念你的额，被东方霞光浸染，

思念你的金发，满缀着黑葡萄。

我从你的酒杯里饮到醉饱，

陶醉于你笑眼里是神秘闪电，

因为缪斯已给了我希腊嫡传，

人们看见我已在酒神脚下拜倒。

① 指古罗马为君士坦丁皇帝庆功而建的凯旋门，这位皇帝于公元4世纪初颁布诏书承认基督教，启动了基督教取代多神教成为罗马帝国国教的过程。从那时到奈瓦尔作诗的时候，古代诸神连同女祭司在压制下已经沉睡一千五百年了。

② 这首诗继续抒写诗人的思古之情。"魔女迷尔桃"应该也是指前诗中的那位姑娘，"迷尔桃"这名字出自"桃金娘"（法语myrte,源自希腊语myrtos）一词，桃金娘又称爱神木，是维纳斯的圣树和爱情的象征。

③ 波西利波是意大利地名，出产名酒，在那不勒斯附近海边，维苏威火山的脚下。古罗马大诗人维吉尔葬于那不勒斯。

我知道那边的火山为何会爆发，
只为你伶俐的纤足昨天踩了它，
一瞬间，火山灰就铺满了天边。

自从诺曼公爵砸了你的神像，[①]
维吉尔的月桂下就永远嫁接了
苍白的绣球花和青翠的桃金娘。

不幸者

我是黑暗——丧偶者——失去了慰藉，
我是城堡被毁的阿基坦[②]王，
我唯一的星死了，我的诗琴以星为饰，
驮着一轮凄凉忧郁的黑太阳。

你给过我慰藉，在此坟墓般的夜里
请再给我波西利波和意大利海浪，
请给我花儿（它常使我转悲为喜）。
还有葡萄与玫瑰，同缠一座架上。

---

① 中世纪时，北欧的维京人不断从海路南下袭扰，占据法国西北部建立公国，他们被称为诺曼人（即北方人）。他们改信基督教，改说法语，但尚武好战依旧。诺曼人继续扩张到西西里、意大利南部和英国等地，并热衷奉行基督教。
② 阿基坦位于法国西南部，中古时期曾是公国和王国，一度势力强盛，其纹章是三座塔楼组成的城堡。后来王公的权势遭打压，法国革命时贵族称号被剥夺。

我是爱神或日神？是吕西念或比隆？①

我额上还因王后吻过而发红，

我曾贪梦，在人鱼游泳的洞里。

我曾两次把冥府之河横渡，

在俄耳甫斯的琴上我交替奏出

仙女的喊叫和圣女的叹息。

奈瓦尔《幻象》插图

① 奈瓦尔作此诗时正在失恋，因此用一串失恋典故：爱神丘比德爱上少女普绪刻而
又失去她；日神阿波罗追逐仙女达芙涅而不得；吕西念与水仙女美绿辛相爱结合，美
绿辛因神谴每星期六要半身变蛇，吕西念违背妻子禁令于星期六去偷看她，美绿辛从
此消失，"贪梦在人鱼游泳的洞里"就是指与水仙女的恋情；法国十六世纪比隆公爵
被处死，据传是因他与王后有恋情。

金色的诗

人！你以为唯独你能自由思想，
在这万物萌发生命的世界上？
你虽有掌控你的自由的能力，
但在你全部谋划里，宇宙缺席。

请你要尊重动物活跃的心灵，
每朵花是向自然敞开的灵魂；
连金属里也饱含爱的神秘，
万物有知！[①]并且都影响着你。

当心盲墙有眼，在对着你看！
凡是物质，都有其固有语言……
不可把它用于亵渎的用途！

卑微的存在，也有神藏在里面，
像新生的眼睛被眼帘盖住，
石的皮下，有精神在发育成熟。

---

① 这是古希腊哲人毕达哥拉斯的话。

（*1810~1857*）

缪　塞

　　阿尔弗雷德·德·缪塞（*Alfred de Musset*）是杰出的浪漫主义抒情诗人，生于巴黎，自幼爱好文学，十来岁就开始写诗，18岁进入以雨果为首的文学社，被誉为"浪漫主义的神童"。1930年，他的第一本诗集《西班牙和意大利的故事》问世，诗中虽然还带有新古典主义的痕迹，但充满了离奇的情节、狂热的人物和强烈的异国情调，语言夸张热情，散发出浪漫主义的朝气，显示出缪塞丰富的想象能力，其中《咏月》一诗，意境独特，诗人借用一系列形象生动的奇想来写长夜中的明月，诗首和诗尾重复把升起在教堂钟楼尖顶的圆月描写成一个小写字母，成为传诵一时的佳作。

　　1933年，长诗《罗拉》问世，这部诗是

缪塞诗歌创作的分水岭，在这之前，他的诗热情明丽，想象丰富，充满了活力和希望。《罗拉》之后，他一反前期的那种乐观精神，诗中开始流露出悲观失望和迷茫不安的情绪。这一年，缪塞结识了女作家乔治·桑，从此开始了悲喜交加的感情历程。这段爱情对缪塞的人生和创作影响极大，他的重要诗篇基本都是在这一时期写成的。

　　缪塞最著名的抒情诗歌是"四夜"，即《五月之夜》、《十二月之夜》、《八月之夜》和《十月之夜》，统称为"四夜组诗"。组诗表达了诗人丰富而复杂的感情，从失恋的痛苦到对新生活的希望，从失意的孤独到对慰藉的渴盼，种种感情交织在一起，唱出了凄婉动人的夜莺之歌。"四夜"标志着缪塞抒情诗创作的最高峰，它以流畅优美的诗句呈现出诗人情感高涨时的原始状态，真诚自然地体现了诗人内心深处的复杂感情。在形式上，除了《十二月之夜》，其余三首都采用对话形式，一问一答，或一唱一和，情感表现得十分细腻。而《十二月之夜》则是诗人的独白，诗人通过对自身幻影的反复诘问来渲染他的忏悔、迷茫和渴望之情，极富艺术魅力。

　　除了"四夜"，缪塞还写过其他一些风格相似的抒情诗，《回忆》是他对与乔治·桑的恋情的反思与总结，《露西》则是他自题的挽诗，后来被刻在他的墓碑上。

　　缪塞是19世纪法国浪漫主义的四大诗人之一，他的诗热情洋溢，想象丰富，他比其他浪漫主义诗人更注重诗句的形式美，语言丰富多彩，形象生动，富有音乐感。

On est souvent trompe en

amour, souvent blesse et souvent

malheureux ; mais on aime.

"人们经常被爱情所骗，被爱情所伤，因爱情而不幸，但仍追求爱情。"

——A. 缪塞

愁

我痛失力量和亲朋，
痛失生命与欢欣；
甚至，失去自信，
不再相信自己的才能。

初识真理，我还以为
那是个可靠的朋友；
待我了解了它之后
便开始对它反胃。

然而真理是永恒的，
不拥有真理的世人
差不多是白痴一个。

上帝开口，总得搭腔。
我有时还哭过几场，
这就是我唯一的财产。

永　别

永别了！我以为此生
再也不能与你相见。
上帝经过，喊走了你，忘记了我；
失去了你之后，我才知道自己爱你。

没有鲜花，也不再徒劳地伤心。
我懂得如何尊重未来。
让帆船载着你远行，
我会微笑着看你离开。

你走了，满怀希望，
回来时将昂首挺胸；
可为你的离去而悲伤的人
你却再也认不出来。

永别了！你会做个好梦，
陶醉于惊险的欢欣；
星星会一路陪你远行，
久久地照亮你的道路。

也许有一天你会感到
我们的心有多么珍贵，
能够认识到它，又有多好，
而失去它会是多么痛苦。

咏 月

（节选）

夜色深沉的晚上
黄色的钟楼上面
月亮
就像是上面一点。

月亮啊，莫非有个幽灵
在漆黑的影子里
用绳子
操纵着你的脸和身影？

你就是天空的那只独眼？
哪个调皮的天使
在窥视，
戴着你皎洁的面具？

难道你只是个圆球?

就像只肥大的盲蛛

滚动着走路

没有脚也没有手?

我猜想,你是否就是

那个古老的钟盘,

铁面无私,

给下地狱的恶魔报时?

看着你周而复始

他们能否掐指算出

他们在此

已被囚禁多少个年头?

是否有条虫

在把你蚕食,

你的月轮

才变得越来越细?

那天夜晚,是谁

把你戳成了独眼?

你是否

靠在了哪个树尖?

因为你苍白而沮丧
靠在我的窗上，
你的月弯
穿过我的窗棂。

去吧！月已临终，
月亮女神的美丽身躯
连同金发
已经坠入海中。

（1811～1872）

戈蒂埃

泰奥菲尔·戈蒂埃（*Théophile Gautier*）是唯美主义诗歌的奠基人之一，年轻时结识了一批青年画家和诗人，反对古典主义，为浪漫主义摇旗呐喊。

他崇拜雨果，曾学着写过不少浪漫主义的作品，1830年出版的《诗歌集》就是浪漫主义的产物，但这些诗并无多大特色。1832年，戈蒂埃形成了自己的艺术观，认为艺术应摆脱任何功利，为自身服务。两年后，他在《莫班小姐》的序言中响亮地提出了"为艺术而艺术"的口号，认为艺术应独立于政治与道德，保持自身的纯洁。他甚至怀疑感情，宁要感觉印象而不要激情，继而又提出艺术家只崇拜美，诗除了追求美之外没有别的目的。

戈蒂埃继承了雨果的那种瑰丽色彩和异国情调，但反对浪漫主义的伤感、政治和人道主义；他崇拜古希腊，但又反对古典主义的教喻性。1840年，戈蒂埃在西班牙游历了半年之后，对西班牙古建筑的造型美和颜色感产生了极大的兴趣，于是更加卖力去推行他提出的"为艺术而艺术"的主张。《珐琅与玉雕》标志着他诗歌创作的新阶段。这部诗精巧细致，以自然美、人体美和艺术美为题材，把回忆、梦幻隐藏在美丽的画卷后面，是典型的唯美主义作品。

1857年，戈蒂埃发表了《艺术》一诗，这首诗被认为是唯美主义的宣言。戈蒂埃在诗中提出，最美的作品出自最坚硬、最难对付的形式，一方面是说要拒绝浪漫主义的感情泛滥；另一方面应该讲究技巧，摒弃平易，选择艰难的形式。这首诗形式精美，格律严谨，感情生硬，富有雕塑感。它和戈蒂埃的许多作品一样，不但在内容上，而且在形式上体现了诗人的艺术主张，是戈蒂埃诗歌理论的杰出图解。

戈蒂埃从激进的浪漫主义分子过渡到巴那斯派崇拜的旗手，为勒孔特·德·李勒开辟了道路，并影响到波德莱尔，波德莱尔为此把《恶之花》敬献给戈蒂埃，所以说，现代诗的萌芽与戈蒂埃的大胆创新是分不开的。但戈蒂埃的诗视野讨于狭窄，语言精湛但流于平淡，语调变化有限，感觉的表达也不够充分。他用诗歌去与造型艺术竞争雕塑感和立体感，这势必给他带来极大的难度。他否定了年轻时追求的浪漫主义，但他在诗中最终也没能完全排除感情成分，《卡门》就是一个突出的例子。只是，他的感情不像浪漫派那样外露和热烈罢了。

Fumée

Là-bas, sous les arbres s'abrite
une chaumière au dos bossu ;
le toit penche, le mur s'effrite,
Le seuil de la porte est moussu.

La fenêtre, un volet la bouche ;
mais du taudis, comme, au temps froid,
la tiède haleine d'une bouche,
la respiration se voit,

un tire-bouchon de fumée,
tournant son mince filet bleu,
de l'âme en ce bouge enfermée
porte des nouvelles à Dieu.

Théophile Gautier

戈蒂埃手记

艺　术

是的，最美的作品出自
最坚硬最难对付的
　　形式——
玛瑙、珐琅、大理石和诗。

虚假的束缚不能容忍！
但缪斯啊，为了前进，
　　你不嫌
古希腊舞台的鞋太紧。

容易的韵应受到轻蔑，
犹如尺码太大的鞋
　　谁的脚
都可穿，也可随意抛却！

雕塑家，别再迷恋于
拇指捏的软乎乎的
　　黏土，
心灵啊，正在别处飞舞；

要与最硬最名贵的
大理石博斗一番，
　　只有它
能保持纯的轮廓线；

要从西西里借用
线条坚毅的青铜，
　　那线条
既高傲又魅力无穷；

要用精巧的手工
在玛瑙矿脉中
　　捕捉
阿波罗的身影。

画家，把水彩弃绝！
把过于柔弱的颜色
　　送入
珐琅炉内固化、烧结；

创造蓝色的美人鱼，
叫她们尾巴这样扭，
　　那样游，
创造纹章上的怪兽；

创造圣母和耶稣像——
在三叶光圈的中央，
　　　创造球，
还有十字架立在球上。

一切都将逝去，永恒
只属于强的艺术品：
　　　雕像
比城市更能永存。

当农夫在耕地时，
掘出一枚庄严朴实的
　　　奖章，
它揭示了一朝帝王。

天神自己也会死亡，
当至高无上的诗行
　　　留存，
比青铜更为坚强。

雕镂，琢磨，精益求精，
把你流云般的梦
　　　封存
于坚固的磐石之中！

十九世纪

卡　门

卡门身材瘦，茶褐色的线条
勾勒出她吉卜赛的眼睛。
她的头发属于阴森的黑夜；
她的皮肤啊，是魔鬼鞣成。

女人们全都说她陋质丑貌，
男人们却为她如醉如痴，
就连堂堂托勒多大主教
也拜倒在她脚边唱赞美诗，

因为在她琥珀色的颈背上
盘着一卷粗大的发辫，
一旦解开，在幽会的地方，
能把她娇美的身躯披满。

而在她暗淡的面色中，
两瓣朱唇绽开胜利的笑容，
鲜红的辣椒，猩红的花朵——
从心血中蘸取了一片朱红。

她就是这模样！黝黑的皮肤
战胜了更加高傲的美人，
热辣辣的光从她眼中射出，
用火种重新点燃餍足的心。

在她野性泼辣的陋质里
有那个海的一粒盐的结晶：
裸体的、挑战的、辛辣的维纳斯
就从这个海的深渊诞生。

卡门身材瘦，茶褐色的线条，
勾勒出她吉卜赛的眼睛。

Lisle

（1818～1894）

李　勒

　　勒孔特·德·李勒（*Leconte de Lisle*）生于印度洋的一个法属岛屿留尼汪，上大学期间热衷于空想社会主义，但很快失望，于是他远离了政治，开始写诗。

　　李勒的母亲是当时著名诗人帕尔尼的表妹，这使他从小就对诗有一种特殊的感情。上大学时，他迷上了雨果的诗歌，尤其是《东方集》中的异国情调使他心驰神往，他的第一部诗集《古代的诗》当中就有不少《东方集》的影子，诗中不乏东方式的智慧和神秘，当然，更多的是古希腊罗马的神话。60年代出版的《蛮夷的诗》以宽容的态度再现了被希腊人称为蛮夷的希腊罗马以外人民的文化。李勒作诗的态度非常认真，他不愿迎合读者的口味，而是把艺术看作宗教般的神圣，不求功利地耐心写诗，从而赢得了普遍的尊敬和崇高的威望。19世纪的许多大诗人都在他简陋的客厅里接受过他的启蒙和指点。1884年，他被法兰西学院接收为院士，并接替了雨果"诗人之王"的地位，成为当时颇负盛名的诗人。

李勒具有一整套诗歌美学理论，后来这套理论成了巴那斯派的纲领，李勒也理所当然地成了该派的首领。在《古代的诗》的序言中，李勒提出了"艺术非个人化"、"艺术与科学联姻"和"追求完美诗艺"的主张，认为诗必须抛弃个人情感，诗人必须走"时代的智慧之路"，即科学与实证的道路。诗人的任务不再是像浪漫主义那样用想象去揭示过去，而是依靠最新的材料重现客观的实在。李勒指责浪漫主义不注重诗的形式美，认为艺术最高和唯一的任务是实现美。他强调语言的准确、整洁和诗歌形式的完美，认为诗必须向造型艺术靠拢，讲究色彩的清晰和线条的有力。然而，李勒提出的这些艺术主张显得过于苛刻，有时连他自己也难以做到。他提倡无动于衷，非个人化，但他的诗尽管表面上冷静严肃，实际上却流露出种种复杂的感情和倾向。

李勒的诗语言简洁，音韵和谐，线条明晰有力，风格冷静，表现出一种庄严的美和雕像般的刚劲。他以古文化和大自然为主要题材，尤其擅长写热带动物，著名的《美洲虎的梦》把热带地区的色彩、温度和光与影的反差，以及猛兽的神态举止描写得栩栩如生，集中体现了李勒描写动物和异国风光的特长。《午》则以冷峻的笔调描写了阳光底下正午的风景，庄重、神秘、宁静，给人以无限的想象。

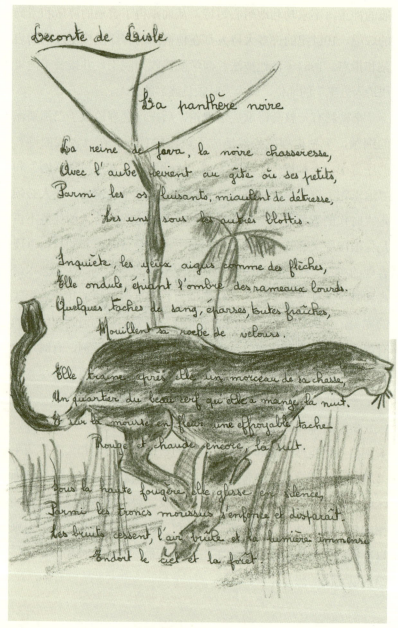

李勒《黑色的美洲豹》法语原文

美洲豹的梦

暗黑的桃花心木和开花的藤蔓丛中，

闷热凝滞的空气充满了飞虫，

那羽毛华贵、唧唧呱呱的鹦鹉，

野生的猴群，还有黄背的蜘蛛，

都缠卷在树根之间，倒悬着荡秋千。

就在这儿，那杀牛宰马的凶手

踏着均匀的步伐回来，阴森而疲劳，

他沿着老死而长满青苔的树干走，

摩擦着筋肉发达的弯弓似的腰；

从因阵阵焦渴而张开的口里

吐出短促的气息，嘶哑而粗暴，

吓慌了被中午的火烤暖的巨蜥，

它们像道道火光般逃进了焦黄的草。

他回到不见天日的密林间的洞中，

颓然倒地，在平坦的岩石上伸展肢体，

伸出巨舌舔净了爪子，睡意蒙眬，

把目光呆滞的金色的眼睛眯起；

在他丧失了活动性的力的幻觉中，

他尾巴在摇摆，两胁微微颤动，

他梦见：在一片葱绿的林莽里，
他一跃而起，把湿淋淋的爪子
扎进惊恐而狂吼的牛群的肉中。

午

正午，夏季之王，如一道银练
从蓝天高处落下，铺满了原野。
一切都沉默了。空气灼如火焰，
大地被火的裙子闷得昏昏欲睡。

平原广阔无边，田野没有树荫，
牧群饮水的清泉已经干涸见底；
遥远的森林边缘幽暗，轮廓不清，
它静静地躺在远方，睡得深沉。

只有成熟的麦子如金色的海洋，
无视睡眠，波浪般滚向远方；
神圣大地的这些温和的子孙，
无畏地喝光这杯滚烫的太阳酒。

沉甸甸的麦穗，互相低语，

有时，壮观的麦浪慢慢醒来
最后消失在尘土飞扬的天外，
如它们滚烫的灵魂一声叹息。

不远处，几头白色的牛，
躺在草地上慢慢地反刍，
忧郁而傲慢的眼睛
追随着内心悠长的梦幻。

人啊，如果你充满快乐或忧伤，
正午时经过这阳光灿烂的田野，
逃吧！太阳耗人，大地苍茫，
一切都死了，万物不悲不喜。

可如果你看破红尘悲喜不惊，
渴望忘记这个动荡的世界，
不再饶恕他人也不再诅咒，
想得到至高而忧郁的满足，

来吧！太阳将跟你说着崇高的语言：
久久地沉浸在它无情的火焰中吧，
然后步伐缓慢地回到肮脏的城里，
心已经在神圣的虚空洗礼七回。

（1821～1867）

波德莱尔

在欧美各国，波德莱尔被普遍认为是法国最伟大的诗人，受到越来越广泛的重视，T.S.艾略特说波德莱尔几乎成了"所有国家中诗人的楷模"，他在法国诗坛上的地位和影响也在很大程度上超过了雨果。

夏尔·波德莱尔（*Charles Baudelaire*）生于巴黎，父亲是个受过良好教育的开明人士，爱好文艺，可惜在波德莱尔6岁的时候就去世了。继父是个严肃而正统的军人，波德莱尔常与他发生冲突。在中学时，波德莱尔才华出众，但不安分守己，结果被校方开除，他早早地走向了社会，过他向往的无拘无束的自由生活去了。他一方面大量阅读文学作品，另一方面广交文朋诗友，出入艺术沙龙。他首先表现出对艺术尤其是绘画的浓厚兴趣和敏锐感觉，他的创作生涯是从写画评开始的，之后开始写诗。1851年，他以《冥府》为题发表了11首诗，4年后又以《恶之花》为总题发表了18首诗。1857年，他把这些诗合在一起，另加了数十首诗，出了一本书，这就是后来家喻户晓的《恶之花》。这部诗集因其大胆直率得罪了当局，其超前的意识和现代观念触怒了保守势力，结果招致了一场残酷而不公正的围攻，波德莱尔被迫删去6首所谓的"淫诗"。四年以后，《恶之花》新增了35首诗再版，获得了空前的成功。在这期间，波德莱尔又陆续发表了《1859年的沙龙》、《人造天堂》以及一些散文诗，成了一代青年诗人的精神领袖。

《恶之花》是波德莱尔最重要的一部作品，分六个部分，其中"忧郁与理想"占了全书的三分之二。在这一部分里，诗人无情地剖析了自己的灵魂，表现出自己为摆脱与肉体的双重痛苦而作出的努力，展示出一个孤独、忧郁、贫病交加的诗人在沉沦中追求光明、幸福、理想、健康的痛苦旅程。他追求美和纯洁，试图在美的世界里实现自己的理想，但美就像一个冰冷的雕像，可望而不可即；他寻求爱，但一再受到爱情的欺骗；他向天使乞求快乐和幸福，但阴森丑陋的现象和纠缠人心的愁苦始终笼罩着他。他想通过出走、远游来结束心灵的磨难和精神的搏斗，于是从内心世界转向了外部的世界，他在巴黎街头的所见所闻构成了诗集的第二部分"巴黎即景"的内容。在这一部分里，忧郁与理想的斗争让位于邪恶与善良的搏斗，诗人眼中的巴黎是一个充满敌意和丑恶的人间地狱。由于在精神世界和物质世界都得不到安慰，他只好用酒精来麻痹自己，刺激自己的感官，建造一个"人造天堂"。但醉意中的幻觉是靠不住的，酒醒之后，他便从这个

人造天堂回到了现实的地狱。这是一个充满罪恶的地方，却开满了鲜花。这种恶之花究竟是什么呢？对诗人来说，它首先意味着女人。她们或代表母爱和兄妹之情，或以理想中的情人的面目出现，但没有一个是可以给他安慰的妻子。她们是诗人灵与肉的君主，或把爱情强加给诗人，或拒绝诗人的爱情。诗人心寒了，在这充满变态的性爱和邪恶的肉欲中挣扎，并开始反抗。他责问上帝，歌颂撒旦，把死亡当作是最后的挑战和唯一的希望，从中获得了灵感，得到了永远的解脱。诗人最后用一首长诗《旅行》回顾和总结了自己的人生探索，结束了全诗。

《恶之花》的主题是恶以及围绕着恶所展开的善恶关系。恶指的不仅仅是邪恶，而且含有忧郁、痛苦和病态之意；花则可以理解为善与美。波德莱尔破除了千百年来的善恶观，以辩证的关系来看待恶，认为恶具有双重性，它既有邪恶的一面，又散发出一种特殊的美；一方面腐蚀和侵害人类，另一方面又充满了挑战和反抗精神，激励人们与自身的惰性与社会的不公正作斗争，所以波德莱尔对恶既痛恨又赞美，既恐惧又向往。他生活在恶中，但又力图不让恶所吞噬，而是用批判的眼光正视它、解剖它，提炼恶中之花。如果说恶之花是病态之花，那是因为它生长的环境被污染了。要得到真正的美，只能通过自身的努力从恶中去挖掘。采撷恶之花就是在恶中挖掘希望，从恶中引出道德教训。

《恶之花》是一部具有历史性和时代性的作品，写出了复杂的人生和纷繁的世事。社会的动乱、政权的更迭、财富的增长、人生的苦难以及劳资斗争、社会风气、城市文明都在诗中得到了反映，展示出一幅巨大的历史画卷。但诗人并没有客观、机械地反映现实，而是用象征、隐喻等手法，通过自己的主观想象和幻

化，把它们折射出来。他没有把目光停留在事物的表面，而是深入到它的内部，揭示其本质，洞察其隐秘的对应关系。他继承、发展和深化了浪漫主义，为象征主义开辟了道路，同时，他的诗中又闪烁着现实主义和古典主义的光芒，所以被认为是法国古典诗歌的最后一位诗人和现代诗歌的最初一位诗人。

除了《恶之花》之外，波德莱尔还著有散文诗集《巴黎的忧郁》，这"依然是《恶之花》，但具有多得多的自由、细节和讥讽"。散文诗并非自波德莱尔开始，但波德莱尔是第一个自觉地把它当做一种形式，并使之臻于完美的人。

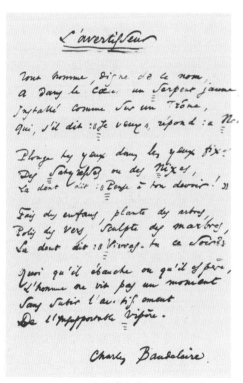

波德莱尔手迹

信天翁

水手们常常出于烦闷无聊，
捕捉信天翁——海上的大鸟，
它们是海上从容不迫的旅伴，
爱跟着船舶越过苦涩的浪涛。

刚刚被人们扔在甲板上，
这蓝天之王，潦倒落魄，
可怜地垂下巨大雪白的翅膀，
好像左右两旁拖着两把桨。

有翼的旅客啊，如今可笑而软弱！
昔日何等俊美，如今丑陋而笨拙！
一个人用烟斗挑它的嘴，另一个
模仿这残废的飞行者一瘸一跛。

诗人啊，和这云中王子一般，
惯于迎着风暴翱翔，笑傲弓箭；
但流放在地面上一片嘲骂之间，
垂天之翼却拖累得他步履维艰。

《恶之花》法文原版插图

契 合

自然是一庙堂，圆柱皆有灵性，
从中发出隐隐约约说话的音响。
人漫步行经这片象征之林，
它们凝视着人，流露熟识的目光。

仿佛空谷回音来自遥远的天边，
混成一片冥冥的深邃的幽暗，
漫漫如同黑夜，茫茫如同光明，
香味、色彩、声音都相通相感。

有的香味像孩子的肌肤般新鲜，
像笛音般甜美，像草原般青翠，
有的香味却腐烂、昂扬而丰沛，

如同无限的物在弥漫，在扩展，
琥珀、麝香、安息香、乳香共竞芳菲，
歌唱着心灵的欢欣，感觉的陶醉。

出售的缪斯

哦，仙宫的缪斯，我心中的女神，
当一月放出它的北风来肆虐，
当黑色的忧愁涨满积雪的冬夜，
你双脚冻得发青，取暖可有余薪？

寒窗透进夜光的一丝微温，
岂能使冻僵的大理石肩恢复知觉？
当你口中无食，钱包空空如也，
你岂能从青天上收获黄金？

你只得学那唱诗班的孩子，
耍着香炉，唱你不相信的赞美诗，
为了挣得每晚糊口的面包，

或学空肚的街头卖艺者，施展魅力，
笑脸浸透了无人看见的泪滴，
为了博取俗人们开怀一笑。

美神颂

美神啊，你来自天的深处，还是
地的深处？你的眼光，神圣而险恶，
毫无区分地把善和恶一同倾注，
难怪人们把你比作杯中之物。

你的眼里同时含有落日与曙光，
你像雷雨的黄昏，散发着清香；
你的吻是媚药，你的口是酒瓮——
能使英雄软弱，能使小儿胆壮。

你出自地狱，还是降自星辰？
命运像狗一样，追随你的衬裙。
你随手播撒着欢乐与灾祸，
你统治一切，又对一切不负责任。

你踩在死人身上，对他嘲弄轻侮，
你的首饰中，"恐怖"是夺目的珍珠，
还有"谋杀"也是你珍贵的小饰物，
正在你骄傲的腹上跳情欲之舞。

头晕目眩的蜉蝣飞向你——蜡烛，
一面燃烧，一面向烛火赞美祝福；
情人急促喘息着俯向他的情爱，
仿佛垂死者爱抚自己的坟墓。

美神啊，你巨大可怖、纯真的魔怪！
只要你的明眸、你的纤足和笑颜
为我开启我仰慕而未知的"无限"，
你来自天堂或地狱，又有何关？

不管你是撒旦派来，还是上帝遣送，
我唯一的女王——眼睛如天鹅绒，
代表着韵律、芳香和光辉的仙女呀，
但求你减少一点世界的丑恶和沉重！

兽　尸

我的爱，请回忆今天看见的一物，
在这风和日暖的上午，
一具污秽的兽尸躺在小路的拐弯处，
把遍地碎石作为床褥。

四肢朝天，宛如淫妇逢场作戏，
冒着毒汁，热汗淋漓，
一副放荡不羁的无耻的姿势，
鼓起的肚子胀满了气。

一轮骄阳照射着这头死兽，
好像要把它烤得熟透，
要把它一身血肉归还大自然，
还要多付百倍报酬。

在上天眼中，这尸体美妙异常，
恰似一朵鲜花怒放。
一股刺鼻的恶臭熏人极烈，
使我们几乎昏倒地上。

腐烂的肚子上苍蝇成群嗡嗡，
冒出黑压压一片蛆虫，
蛆的大军汇成浓稠的液体，
沿着活的破衣流动。

它们或降或升，波浪起伏不停，
冒着泡沫，汹涌前进；
看来好像兽尸因呼吸而膨胀，
在繁殖中继续着生命。

于是这世界散发出仙乐奇幻，
如和风习习，流水潺潺，
如簸谷者有节奏地振荡簸箕，
把谷粒摇动又翻转。

形状渐渐泯灭，仅仅留下一梦，
一幅画识识画不成功，
画家只能在遗忘的画布上，
凭着回忆将它补充。

一条饿狗躲在岩石后面窥伺，
向着我们愠愠而视，
想等待个机会，好重新攫取
这块被迫放弃的肉食。

爱人啊，你也将像此污物一样，
就像这具可怕的兽尸，
我眼中的星星，我心中的太阳，
你，我的情爱我的大使！

是的，你将是这模样，美的皇后！
只等临终的圣礼之后，
你将躺到茂盛的花草之下，
在枯骨间霉烂，腐朽。

十
九
世
纪

那时，我的美人啊！当寄生的虫豸，

用亲吻将你全身吞噬，

请转告它们：我的爱虽然分解，

我永存她神圣的丽质。

《恶之花》法文原版插图

黄昏的和声

黄昏降临，每朵花在茎上战栗，
每朵花都在熏蒸，像香炉一般；
各种声音、香气在晚风中搅拌，
忧郁的华尔兹旋转得昏眩无力！

每朵花都在熏蒸，像香炉一般；
小提琴像受伤的心一样战栗，
忧郁的华尔兹旋转得昏眩无力！
天色悲惨而华丽，像一个祭坛。

小提琴像受伤的心一样战栗，
温柔的心恨这空虚——无边黑暗！
天色悲惨而华丽，像一个祭坛。
太阳淹死在自己凝结的血里。

温柔的心恨这空虚——无边黑暗！
从光明的往昔收集每个足迹！
太阳淹死在自己凝结的血里……
对你的怀念啊，像圣物照我心间。

魂

就像长着野兽眼睛的天使，
我会回到与你幽会的卧室，
我会和夜的黑影为伴，
无声无息地滑到你的身边。

我会给你——我的棕发美人，
像月亮一样寒冷的吻；
我会给你以蛇的爱抚，
像蛇一样缠着墓穴匍匐。

等那铅色的黎明刚欲萌动，
你会摸到我的位置已空，
衾席将一直冷到日暮。

让别人凭借一片温存
主宰你的生命和青春，
而我呢，我情愿凭借恐怖。

月之愁

今夜月儿愁，倦意更浓厚，
像一位美人倚着层层云褥，
心神恍惚，用轻柔的手
在入睡前抚着起伏的双乳。

她憔悴无力，在一片柔软的雪崩
那缎子般的背上，不禁阵阵昏迷；
她的眼光掠过这片白色的幻梦，
看它像繁花万朵直上天际。

一滴泪珠凝结着闲愁恨事，
从她颊上流下，滴落尘世。
一个虔诚的诗人通宵独醒，

用掌心接住这滴惨白的泪——
一颗碎玉反射出虹也似的光辉，
把它珍藏心中，远离太阳的眼睛。

十
九
世
纪

(1839~1907)

普吕多姆

　　苏利·普吕多姆（*Sully Prudhomme*）是
首届诺贝尔文学奖获得者，著名的巴那斯派
诗人。他生于巴黎，两岁丧父，在母亲的叹
息和哀怨中度过了毫无乐趣的童年。环境的
影响使他从小沉默寡言，同时也养成了他爱
思考的习惯。小学毕业后，他顺利地进入了
巴黎著名的波拿巴中学，后又通过理科类中
学毕业会考，准备上巴黎综合工科学校。由
于健康原因，他被迫放弃科学梦，先是在一
家公证处当公证员，后在一家公司当建筑工
程师，业余开始写诗。

　　普吕多姆走上诗坛之时，正值巴那斯派
崛起之际。巴那斯派客观、冷静、无动于衷
的美学思想与偏爱理性，与具有科学头脑的
普吕多姆一拍即合。他积极参加巴那斯运

动，并用自己的作品为巴那斯派的艺术主张现身说法，其《天鹅》、《碎瓶》被当作是巴那斯派的经典诗篇。

　　普吕多姆的诗优雅、和谐，讲究形式美和雕塑感，并具有浓厚的科学情趣，他的诗是科学和艺术、自然科学和社会科学、逻辑思维和形象思维的结合体。在《银河》中，诗人借用银河中的星辰看起来距离很近实际上相隔极为遥远的科学事实来探讨人类心灵之间的距离；在《眼睛》中，诗人又用日月星辰等自然现象死而复生的神话原型来探索生命的奥秘。然而，在整个巴那斯派中，普吕多姆又是抒情性较强的一个诗人，这与巴那斯派提出的"无动于衷""非个人化"有悖。他从第一部诗集《诗节与诗篇》开始就在向读者倾诉"灵魂中模糊而纤细的情感"，当然，这种倾诉是徐缓的、有节制的，而不像浪漫派那样放任感情，任其倾泻。

　　1870年的普法战争把他从个人的艺术小天地拉回到严酷的社会现实，面对文明与野蛮、正义与非正义，他表现出一个进步作家的良知。《战争印象》、《法兰西》、《正义》反映了诗人的正义感和社会责任感。80年代后，普吕多姆转向散文创作和理论研究，著有《私人日记》、《沉思集》、《论尘世生活之起源》、《帕思卡尔的真正宗教》等。1881年，他被选为法兰西学院院士。

眼　睛

天蓝，乌黑，都被爱，都美——
无数的眼睛见过了晨光；
它们在坟墓深处沉睡，
而朝阳依旧把世界照亮。

比白昼更温存的黑夜
用魔术迷住了无数眼睛；
星星永远闪耀不歇，
眼睛却盛满了无边阴影。

难道它们的眼神已经熄灭？
不，不可能，这是错觉！
它们只是转向了他方——
那被称为不可见的世界。

西斜的星辰辞别了我们，
但仍漂游在茫茫天宇，
眼珠虽也像星星般西沉，
但它们并没有真的死去；

天蓝，乌黑，都被爱，都美，
开启眼帘，面向无限的晨光；
在坟墓的另一面，在他方，
阖上的眼睛仍在眺望。

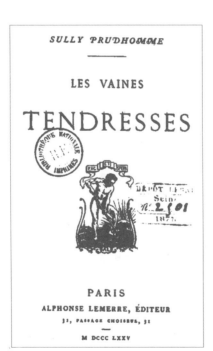

普吕多姆《枉然的柔情》法文版封面

天　鹅

　　湖水深邃平静如一面明镜，
　　天鹅双蹼划浪，无声地滑行。
　　它两侧的绒毛啊，像阳春四月
　　阳光下将融未融的白雪，
　　巨大乳白的翅膀在微风里颤，
　　带着它漂游如一艘缓航的船。
　　它高举美丽的长颈，超出芦苇，
　　时而浸入湖水，或在水面低回，
　　又弯成曲线，像浮雕花纹般优雅，
　　把黑的喙藏在皎洁的颈下。
　　它游过黑暗宁静的松林边缘，
　　风度雍容而又忧郁哀怨，
　　芊芊芳草啊都落在它的后方，
　　宛如一头青丝在身后荡漾。
　　那岩洞，诗人在此听他的感受，
　　那泉水哀哭着永远失去的朋友，
　　都使天鹅恋恋，它在这儿流连，
　　静静落下的柳叶擦过它的素肩。
　　接着，它又远离森林的幽暗，

昂着头，驶向一片空阔的蔚蓝。

为了庆祝白色——这是它所崇尚，

它选中太阳照镜的灿烂之乡。

等到湖岸沉入了一片朦胧，

一切轮廓化为晦冥的幽灵，

地平线暗了，只剩红边一道，

灯芯草和菖兰花都纹丝不摇。

雨蛙们在宁静的空气中奏乐，

一点萤火在月光下闪闪烁烁。

于是天鹅在黑暗的湖中入睡，

湖水映着乳白青紫的夜的光辉；

像万点钻石当中的一个银盏。

它头藏翼下，睡在两重天空之间。

银 河

有一夜，我对星星们说：
"你们看起来并不幸福；
你们在无限黑暗中闪烁，
脉脉柔情里含着痛苦。

"仰望长空，我似乎看见
一支白色的哀悼的队伍，
贞女们忧伤地络绎而行，
擎着千千万万支蜡烛。

"你们莫非永远祷告不停？
你们莫非是受伤的星星？
你们洒下的不是星光啊，
点点滴滴，是泪水晶莹。

"星星们，你们是人的先祖，
你们也是神的先祖，
为什么你们竟含着泪？……"
星星们回答道："我们孤独……

"每一颗星都远离姐妹们，
你却以为她们都是近邻；
星星的光多么温柔、敏感，
在她的国内却没有证人。

"她的烈焰散出满腔热情，
默然消失在冷漠的太空。"
于是我说："我懂得你们！
因为你们就像心灵；

"每颗心发光，离姐妹很远，
尽管看起来近在身边。
而她——永恒孤独的她
在夜的寂静中默默自燃。"

碎　瓶

扇子一击把花瓶击出条缝，
瓶里的花草已枯死发黄；
那一击实在不能说重，
它没有发出一丁点儿声响。

可那条浅浅的裂痕，

日复一日地蚕食花瓶，

它慢慢地绕了花瓶一圈，

看不见的步伐顽强而坚定。

花瓶中的清水一滴滴流尽，

花液干了，花儿憔悴；

但谁都没有产生疑心。

别碰它，瓶已破碎。

爱人的手也往往如此，

伤了心，造成痛苦，

不久，心自行破裂，

爱之花就这样渐渐萎枯。

在世人看来总是完好无事，

小而深的伤口却在慢慢扩大，

他低声地为此悲哀哭泣，

心已破碎，别去碰它。

梦

梦中，农夫对我说："做你自己的面包，
我不再养你了，去播种去耕地。"
织布工对我说："你自己做裤裁衣。"
泥瓦匠对我说："快用手拿起砖刀。"

孤独的我，被各行业的人抛弃，
到处受到他们无情的诅咒，
当我乞求上天怜悯的时候，
我发觉我的路上站着几只狮子。

我睁开眼睛，不知黎明是否当真，
勇敢的伙伴们吹着口哨站在梯上，
农田已被播种，纺机隆隆作响。

我感到了幸福，发现在这个世界里
谁也不能自吹能把别人脱离；
从那天起，我爱上了一切人。

（1842~1898）

马拉美

斯特方·马拉美（*Stéphane Mallarmé*）象征主义代表诗人和理论家，现代主义诗学理论的主要奠基人之一。他出生于世代官宦家庭，中学时立志做诗人，练习写诗，毕业后在外省当职员，结识了当时巴黎诗坛的一些著名诗人。1862年开始发表诗作，年底去伦敦进修英语，次年与一位德国姑娘结婚。1863年底回法国，在巴黎和外省多间中学任英语教师，直至退休。

1866年，马拉美在巴那斯派诗人主办的《现代巴那斯》上发表了十首诗，开始引人注目。1871年该刊再次发表了他的长诗《希罗狄亚德》片断，这是他具有代表性的诗作。在创作《希罗狄亚德》期间，他还写了长诗《牧神的午后》。在这首独白诗剧中，梦与醒，虚与实相结合，构成了一个迷离恍惚的神话式的精神境界。语言的意义、声响、色彩、幻觉交相纷呈，使诗独具魅力，超越了一般诗所能企及的范围，成为法国诗歌史上重要的名篇之一。德彪西曾根据此诗谱写了交响乐《牧神的午后序曲》。

马拉美晚年发表被称为天书的《骰子一掷永远取消不了偶然》，在诗里进行了富有冒险性和创造性的尝试，将其诗学推向了一个新的高度。他逝世后出版的长篇哲理散文诗《伊纪杜尔》是他写作时间最长的一部作品，他试图将这部诗写成一部类似抽象哲理观念的剧本，即把诗的整个形态当做一个抽象的哲理观念进行种种表演的舞台。《伊纪杜尔》被认为是法国文学史上的一部杰作，开创了将抽象哲理与纯诗和戏剧形式相结合的一种新的艺术形式。

马拉美的诗文字华美，意蕴含蓄，哲学意味浓，富有音乐性和神秘性，给人以深邃幽渺、难以捕捉的印象，每一首诗都像一块精致的艺术宝石，有无迹可求之妙。这种风格曾被后来的许多诗人所仿效，马拉美也因此而成为诗歌创造的典范和象征主义诗歌中的一面旗帜。

马拉美晚年声誉日隆，1896年当选为诗人之王。由于他的推动和身体力行的创造及兰波、魏尔伦等一大批有才华的诗人的努力，法国诗歌在美学面貌上为之一新，正式走向了现代主义诗歌的道路，形成法国诗歌发展史上诗歌创造最为鼎盛的一个时期。马拉美被尊为现代主义诗歌的巨匠和象征派的领袖，不仅对后期象征主义诗歌、超现实主义诗歌以及20世纪的许多重要诗人产生影响，而且成为现代结构主义诗学批评家们极为关注的对象。

十九世纪

马拉美手迹

海 风

肉体含悲，唉！而书已被我读完。
逃避吧！远走高飞！我感到鸟儿醉酣，
飘在陌生的海沫和天空之间！
任何东西，不论是映入眼帘的老花园，
夜啊夜，不论是我凄冷的灯光
照在保卫着洁白的一张白纸上，
或是给婴儿哺乳的年轻的爱人，
都留不住这颗海水浸透的心。
我去了！轮船摇晃着全副桅杆，
起锚吧，驶向异国风光的自然！

烦闷啊，因冷酷的希望而更悲切，
却仍然相信手帕最后的挥别！
船桅邀请着狂风，呼唤着激浪，
也许它会被风压弯，在沉船之上——
沉船啊，无桅，无桅，也无富饶的岛国……
但我的心啊，且听那水手之歌！

牧神的午后

牧神:

林泽的仙女们,我愿她们永生。
                    多么清楚
她们轻而淡的肉色在空气中飞舞,
空气却睡意丛生。
                    莫非我爱的是个梦?

我的疑问有如一堆古夜的黑影
终结于无数细枝,而仍是真的树林,

马奈为《牧神的午后》所作的插图

证明孤独的我献给了我自身——
唉！一束祝捷玫瑰的理想的假象。

让咱们想想……

　　　　也许你品评的女性形象
只不过活生生画出了你虚妄的心愿！
牧神哪，幻象从最纯净的一位水仙
又蓝又冷的眼中像泪泉般涌流，
与她对照的另一位却叹息不休，
你觉得宛如夏日拂过你羊毛上的和风？
不，没有这事！在寂静而困倦的昏晕中，
凉爽的清晨如欲抗拒，即被暑气窒息，
哪有什么潺潺水声？唯有我的芦笛
把和弦洒向树丛；那仅有的风
迅疾地从双管芦笛往外吹送，
在它化作一场旱雨洒遍笛音之前，
沿着连皱纹也不动弹的地平线，
这股看得见的、人工的灵感之气，
这仅有的风，静静地重回天庭而去。

啊，西西里之岸，幽静的泽国，
被我的虚荣和骄阳之火争先掠夺，
你在盛开的火花下默认了，**请你作证：**

　　"正当我在此地割取空心的芦梗

　　并用天才把它驯化，远方的青翠

　　闪耀着金碧光辉，把葡萄藤献给泉水，

　　那儿波动着一片动物的白色，准备休息，

　　一听到芦笛诞生的前奏曲悠然响起，

　　惊飞了一群天鹅——不！是仙女们仓皇逃奔

　　或潜入水中……"

　　　　一切都烧烤得昏昏沉沉，

　　看不清追求者一心渴望的那么多姻缘

凭什么本领，竟能全部逃散不见，
于是我只有品味初次的热情，挺身站直，
在古老的光流照耀下形单影只，
百合花呀！你们当中有最纯真的一朵。

除此甜味，她们的唇什么也没有传播，
除了那柔声低语保证着背信的吻。
我的胸口（作证的处女）可以证明：
那儿有尊严的牙留下的神秘的伤处，
可是，罢了！这样的奥秘向谁倾诉？
只有吐露给向天吹奏的双管芦笛，
它把脸上的惶惑之情转向它自己，
在久久的独奏中入梦，梦见咱俩一同
假装害羞来把周围的美色逗弄，
让美和我们轻信的歌互相躲闪；
让曲调悠扬如同歌唱爱情一般，
从惯常的梦中，那纯洁的腰和背——
我闭着双眼，眼神却把它紧紧追随，
让那条响亮、虚幻、单调的线就此消逝。

啊，狡诈的芦笛，逃遁的乐器，试试！
你快重新扬花，在你等待我的湖上！
用我骄傲的絮语把女神久久宣扬；
还要用偶像崇拜的画笔和色彩

十九世纪

再次从她们的影子上除去裙带。
于是，当我把葡萄里的光明吸干，
为了把我假装排除的遗憾驱散，
我嘲笑这夏日炎炎的天，向它举起
一串空葡萄，往发亮的葡萄皮里吹气，
一心贪醉，我透视它们直到傍晚。

哦，林泽的仙女，让我们把变幻的回忆吹圆：
"我的眼穿透苇丛，射向仙女的颈项，
当她们把自己的灼热浸入波浪，
把一声怒叫向森林的上空掷去，
于是她们秀发如波的辉煌之浴

马奈为《牧神的午后》所作的插图

隐入了碧玉的战栗和宝石的闪光！

我赶来了；啊，我看见在我脚旁

两位仙女（因分身为二的忧戚而憔悴）

在冒险的手臂互相交织间熟睡；

我没解开她们的拥抱，一把攫取了她们，

奔进这被轻薄之影憎恨的灌木林，

这儿，玫瑰在太阳里汲干全部芳香，

这儿，我们的嬉戏能与燃烧的白昼相像。"

我崇拜你，处女们的怒火，啊，欢乐——

羞怯的快乐来自神圣而赤裸的重荷，

她们滑脱，把我着火的嘴唇逃避，

嘴唇如颤抖的闪电！痛饮肉体秘密的战栗：

从无情的她的脚，到羞怯的她的心，

沾湿了的纯洁同时抛弃了她们——

不知那是狂热的泪，还是无动于衷的露？

"当我快活地征服了背叛的恐怖，

我的罪孽是解开了两位女神

纠缠得难分难解的重重的吻；

当我刚想要把一朵欢笑之火

藏进一位女神幸福的起伏之波，

（同时用一个手指照看着另一位——

那个没泛起红晕的天真的妹妹，

想让姐姐的激情也染红她的白羽）

谁料到，我的双臂因昏晕之死而发虚，

我的猎获物竟突然挣脱，不告而别，
薄情的，毫不怜悯我因之而醉的呜咽。"

随她去吧！别人还会把我引向福气，
把她们的辫子和我头上的羊角系在一起。
你知道，我的激情已熟透而绛红，
每个石榴都会爆裂并作蜜蜂之嗡嗡，
我们的血钟情于那把它俘虏的人，
为愿望的永恒蜂群而奔流滚滚。
当这片森林染成了金色和灰色，
枯叶之间升起一片节日的狂热：
埃特纳火山！维纳斯恰恰是来把你寻访，
她真诚的脚跟踏上你的火热的岩浆，
伤心的梦雷鸣不止，而其火焰渐渐消失。
我捉住了仙后！

　　　　逃不掉的惩罚……

　　　　　　不，只是，

沉重的躯体和空无一语的心灵
慢慢地屈服于中午高傲的寂静。
无能为力，咱该在焦渴的沙滩上躺下，
赶快睡去，而忘却亵渎神明的蠢话，
我还爱张着嘴，朝向葡萄酒的万应之星！

别了，仙女们；我还会看见你们化成的影。

敲钟人

晨雾明净、澄澈而厚重，
钟声沉默了一夜后苏醒，
孩了在芷草和百里香中
开开心心地念起三钟经。

鸟儿惊醒，掠过敲钟人身边，
他坐在系着古绳的石头之上
低声地念着古拉丁语的经文，
只听见遥远的钟声当当地响。

我就是那敲钟人。唉！充满希望的夜晚
我徒劳地拉绳，敲起**理想**的大钟，
忠诚的羽毛在冰冷的罪孽中戏玩，

声音断断续续地传来，无力空洞！
有一天，当我厌倦了枉然的钟声，
撒旦啊，我将踢开石头，吊上自己。

十
九
世
纪

马拉美在家中

太 空

永恒的太空在无情嘲讽，
冷艳如花，压垮了诗人，
他的心就像不长草的荒漠，
他**痛苦**，咒自己无能。

逃，闭上眼睛，因为太空
恨铁不成钢，死死地盯着
我空空的大脑。往哪逃？夜色惊恐
快扔些破布遮住那伤人的轻蔑。

灰色的雾啊，快快升起！
把长长的雾缕塞满天空，
让秋天苍白的沼泽把它淹没
然后搭个大棚，挡住噪音。

亲爱的烦恼啊，快从忘河出来
沿途找些淤泥和苍白的芦竹
堵住小鸟故意穿出大洞，
双手千万不要停住。

还有，愿伤心的烟囱不断冒烟
让炭黑像个活动牢房
拖着可怕的浓浓黑雾
遮住天边垂死的昏黄太阳！

——天已死。物质啊，我奔向你！
让这受难者忘掉残酷的理想
抛弃罪恶感，来这里分享
幸福如牲口般的人睡的草席。

因为，既然我空空的大脑
像扔在墙角的化妆品盒子，
不能再打扮我可怜的思想，
就让我打着哈欠，等待死亡……

有何用！太空胜了，我听见它
在钟声里歌唱。天哪，它通过金属
发出响亮的声音，一天三次，
使那可恶的胜利显得更让人害怕！

它穿过雾气，一如既往，
像一把利剑，来给你送终；
在这无用的反抗中逃往何方？
我疯了。**太空！太空！太空！**

马拉美与魏尔伦（漫画）

Heredia

(*1842~1905*)

埃雷迪亚

　　约瑟一玛丽娅·德·埃雷迪亚（*José-Maria de Heredia*）是巴那斯派的重要诗人，也是勒孔特·德·李勒的忠诚朋友和忠实信徒。他生于古巴，在巴黎受教育，毕生从事文学事业。他的诗大多为十四行诗，发表在《现代巴那斯》等杂志上。1893年这些诗结集为《战利品》出版，颇具影响。1894年埃雷迪亚被法兰西学院接收为院士，1901年被任命为阿尔赛纳尔图书馆馆长。

　　《战利品》是埃雷迪亚的代表作，收有118首十四行诗，分"希腊和西西里"、"罗马和蛮夷"和"中世纪与文艺复兴"三大部分，堪称是一部微缩的"历代传说"。但诗人没有去追踪人类发展和演变的历史，而是在诗中揭示古代文明，追忆先人的荣耀。埃雷迪亚是西班牙远征者的后代，他对那些不畏艰险、英勇善战、富有冒险精神和牺牲精神的先辈怀有一种特别的敬意。这种敬意融化在他诗中所塑造的庄严高大的远征者身上，也移情至历史和神话中的一些英雄身上。埃雷迪亚善于描写巨大的历史场景，塑造雕塑般刚劲有力的人物形象，并注意揭示他们内在的精神面貌，反映他们的渴望与梦想。

埃雷迪亚的诗博学深刻，精雕细刻，如同历史画廊中的一幅精致的微缩画。诗人在历史面前努力保持客观化和非个人化。他曾提出"诗人越是非个人化便越真实、越人道"。然而，面对先人的壮举和古战场的壮烈，他无法完全无动于衷。尽管他竭力与时代保持距离，但哪怕他是在展示遥远的过去，我们也能感受到诗人的激情，感受到他面对死亡的忧郁，面对大自然的欣慰；感受到他对荣誉的渴望，对故土的思念以及对先人和英雄的敬仰爱慕之情。对巴那斯派来说这是个不幸，但正是这种规范中的出格构成了埃雷迪亚独特的魅力。

A un poète,

Tu vivras toujours jeune et, grâce aux Piérides,
Gallus, jamais ton front n'aura comme les rides,
Leurs mains, leurs belles mains sans trève tresseront
Le laurier toujours vert qui va ceindre ton front
Et sous le... divin qui fait mouvoir les ombres,
Tes grands yeux s'ouvriront, éblouissants ou sombres,
Reflétant tour à tour, ainsi que dans tes vers,
Le spectacle sans fin du mobile univers,
Des Dieux indifférents et des hommes moroses,
Et tu n'en retiendras que la beauté des choses.

Écrit le 26. février 1905, jour anniversaire
de la naissance de Victor Hugo.

J. M. de Heredia

埃雷迪亚手迹

恶战之夜①

仗打得真凶，军官和队长
重新集合士兵，他们还闻得到
（空中颤抖着他们的吼叫）
杀戮的热流和刺鼻的肉香。

士兵们悲哀地数着阵亡的伙伴，
他们看着帕尔特王的弓箭手
像一团团枯叶，在远处盘旋奔走；
褐黑的脸上淌着淋漓大汗。

就在这时，军号一齐吹响，
燃烧的天幕下，那威武的大将
浑身是血，出现在人们面前。

绛红的帅服，红色的铁甲，
他驾驭着受惊的战马
伤口血流如注，浑身是箭！

---

① 此诗写古罗马大将马克·安东尼大战帕尔特人的壮烈场景。

安东尼和克莱奥佩特拉①

高台上，他们俩看着埃及

在令人窒息的天底下熟睡，

肥沃的尼罗河，穿过黑三角，

奔布巴斯特或萨伊斯②而去。

罗马人③，哄着孩子睡眠，

这被俘的战士，透过沉重的盔甲，

感到那迷人的身躯④在他的紧紧拥抱下

顺从地瘫倒在他胜利的胸前。

她甩开褐发，转过苍白的脸，

向那个被奇香醉倒的男子

送去艳红的唇和晶亮的眼。

---

① 马克·安东尼，古罗马大将，三执政之一，他与埃及女王克莱奥佩特拉的爱情在历史上很出名。莎士比亚曾以此为题材写过著名剧本。
② 布巴斯特和萨伊斯均为埃及古城名。
③ 指安东尼，他拜倒在克莱奥佩特拉的裙下，成了爱情的俘虏。
④ 指克莱奥佩特拉。

热血沸腾的将军，跪在她面前，

在她金光闪闪的大眼里

看见汪洋一片，战船在那儿逃逝。

安东尼和克莱奥佩特拉

（*1844~1896*）

魏尔伦

　　保尔·魏尔伦（*Paul Verlaine*）是法国象征主义诗歌的主将之一。他生于外省，11岁时随父母移居巴黎。1866年他在表姐的资助下出版了第一部诗集《伤感集》，诗中具有巴那斯重雕琢、轻灵感的倾向，但情调忧郁，可歌可咏，与波德莱尔一脉相承，已初步呈现出象征主义的萌芽。就风格而言，也许用"印象主义"一词来概括更为贴切，因为他善于捕捉瞬间的感觉、印象和情绪，描绘心灵的风景画。

　　1869年，魏尔伦的另一部重要诗集《游乐图》问世。同年，他遇到了少女玛蒂尔德，写了许多情诗献给这位恋人。这些诗后来结集出版，取名为《美好的歌》，巴黎公社起义曾使他精神振奋，他担任了公社的新闻处主任，但不久起义失败，魏尔伦重陷于颓废之中。这时，兰波闯入了他的生活，两人形影难离，魏尔伦抛弃妻儿与兰波一道出游。两年后兰波决定与魏尔伦分手，争吵之中魏尔伦开枪打伤兰波，为此被判入狱两年。出狱后魏尔伦在外省任教，贫困潦倒，思想摇摆于颓废与虔诚忏悔之间，著有《智慧集》。1884—1885年他撰写的《被诅咒的诗人们》一书奠定了象征派诗歌的地位。1894年魏尔伦50岁时接替勒孔特·德·李勒当上了"诗人之王"，两年后病逝于巴黎。

魏尔伦的诗描写少，暗示多，他诗中的内容不是直陈出来的，而是用一种气氛烘托出来的，是一种"被表达的感觉"。读他的诗，往往弄不清他在诗中想说些什么，也捉摸不出意义，体会不到哲理，但总能感觉得到那忧伤的旋律和迷人的魅力。他的诗是"如歌的行板"，他把诗变成了音乐，把每个词都融入了音乐之流，用文字来谱写乐曲。在他的代表作《无词的浪漫曲》中，词句失去了固体的轮廓，溶解在音乐之中，成了"无词"的歌。《被遗忘的小咏叹调》（之一）不仅是一首无词曲，而且还几乎是一首"无声曲"，诗人采用"花非花、雾非雾"的神秘化手法，把客观事物一一虚掉，把黄昏的天籁与人的心灵的颂歌巧妙地契合了起来；在《被遗忘的小咏叹调》（之三）中，诗人用音律制造出一种哀伤的情调和气氛，全诗音色低沉，韵脚单调，与诗人沉重的心情相对应。诗中用回旋韵形成一个相对封闭的包围圈，深沉低缓的旋律在包围圈中撞击、回旋，却无法突破界限，传神地表现出诗人走投无路、苦闷彷徨的绝望之情。同时，诗中还大量地采用了音素相同或相近的词，造成了一种和声效果，烘托出诗人内心无以名状的愁苦。作为一个从浪漫主义时代过渡到象征主义时代的诗人，魏尔伦的诗中还含有丰富的浪漫主义因素，例如在这首诗中，他几乎是浪漫主义式地直抒胸臆了，在浸透泪水的心弦上奏出了这首曲子，倾诉着无限的哀愁。

《烦闷无边无际》也是魏尔伦"无词曲"中的名篇之一。这幅心灵的风景画全部用梦幻的意象构成，充满了魔幻的不祥的色彩。诗中虽说有风景画的形相，但既没有描述，也没有明喻或暗喻，所有的意象都起着象征和音符的作用。全诗六小节，倒有四小节是重复的。诗中的"曲式"结构造成漫漫愁绪铺满原野的境界，好像是挣不脱的烦闷，逃不出的梦境。

魏尔伦的诗是真正的诗"歌"，他在"化诗为歌"方面是前无古人的。在《诗的艺术》中，他提出了自己的诗歌纲领，主张"音乐先于一切"，提倡"朦胧"、"色晕"，反对巧智和雄辩。他用如梦如雾、缭绕萦回的暗示去表达他感伤的情调；用飘忽朦胧的纱幕笼罩和美化心灵的舞台；用半明半暗的色晕消除事物明确的形状。《月光》就是用这种手法塑造心灵的风景画的，这是魏尔伦第一首充分表现象征主义风格的抒情诗。这首诗的独特之处是诗、画、音乐融为一体。诗中的一切客体都不是对客观事物的再现，而是主体世界的投射，这使诗中的画面带上了浓厚的非理性色彩。假面舞会、狂欢、歌舞和美丽的园林，一切都笼罩在凄凉的月光之下。这一片朦胧的月光象征着魏尔伦无边无际、不可言传和理喻的哀伤。难怪印象派音乐大师德彪西选中了魏尔伦的这首名作，用音乐把它"译"成了著名的钢琴曲《月光》。

月　光

你的心灵是一幅绝妙的风景画：
村野的假面舞令人陶醉忘情，
舞蹈者跳啊，唱啊，弹着琵琶，
奇幻的面具下透出一丝凄清。

当欢舞者用"小调"的音符，
歌唱爱的凯旋和生的吉祥，
他们似乎不相信自己的幸福，
当他们的歌声溶入了月光——

月光啊，忧伤、美丽、静寂，
照得小鸟在树丛中沉沉入梦，
激起那纤瘦的喷泉狂喜悲泣，
在大理石雕像之间腾向半空。

被遗忘的小咏叹调

（之一）

原野上的风
屏住了呼吸
——法瓦

这是忧伤哀怨的陶醉，
这是痴情贪恋的疲惫，
这是整座森林在战栗瑟瑟，
战栗在微风的怀抱中，
这是向灰暗的枝叶丛
微弱的万籁合唱的歌。

哦，这微弱清新的呢喃！
它在簌簌啊，它在潺潺，
它就像是草浪摇曳婆娑，
呼出一片温柔的声息……
使你觉得，是回旋的水底
卵石在轻轻地翻滚厮磨。

这是心灵在叹息哀怨，

傍着呜咽声沉入睡眠，

这是我们的心灵吧，不是么？

这许是我的心、你的魂

轻轻地，趁这温和的黄昏

散发出一曲谦逊的颂歌？

（之三）

细雨轻柔洒满城

——兰波

泪水流在我的心底，

恰似那满城秋雨。

一股无名的愁绪

浸透到我的心底。

嘈杂而柔和的雨

在地上、在瓦上絮语！

啊，为一颗惆怅的心

而轻轻吟唱的雨！

泪水流得不合情理，

这颗心啊厌烦自己。

怎么？并没有人负心？

这悲哀说不出情理。

这是最沉重的痛苦，
当你不知它的缘故。
既没有爱，也没有恨，
我心中有这么多痛苦！

（之七）

哦，凄愁啊，凄愁，我的灵魂，
只因为，只因为，一个女人。

我没有得到安慰
虽然心已经远飞，

虽然我的心，虽然我的魂
已经远离这个女人。

我没有得到安慰
虽然心已经远飞。

我的心，我的心啊太敏感，
它对魂说：这难道可能，

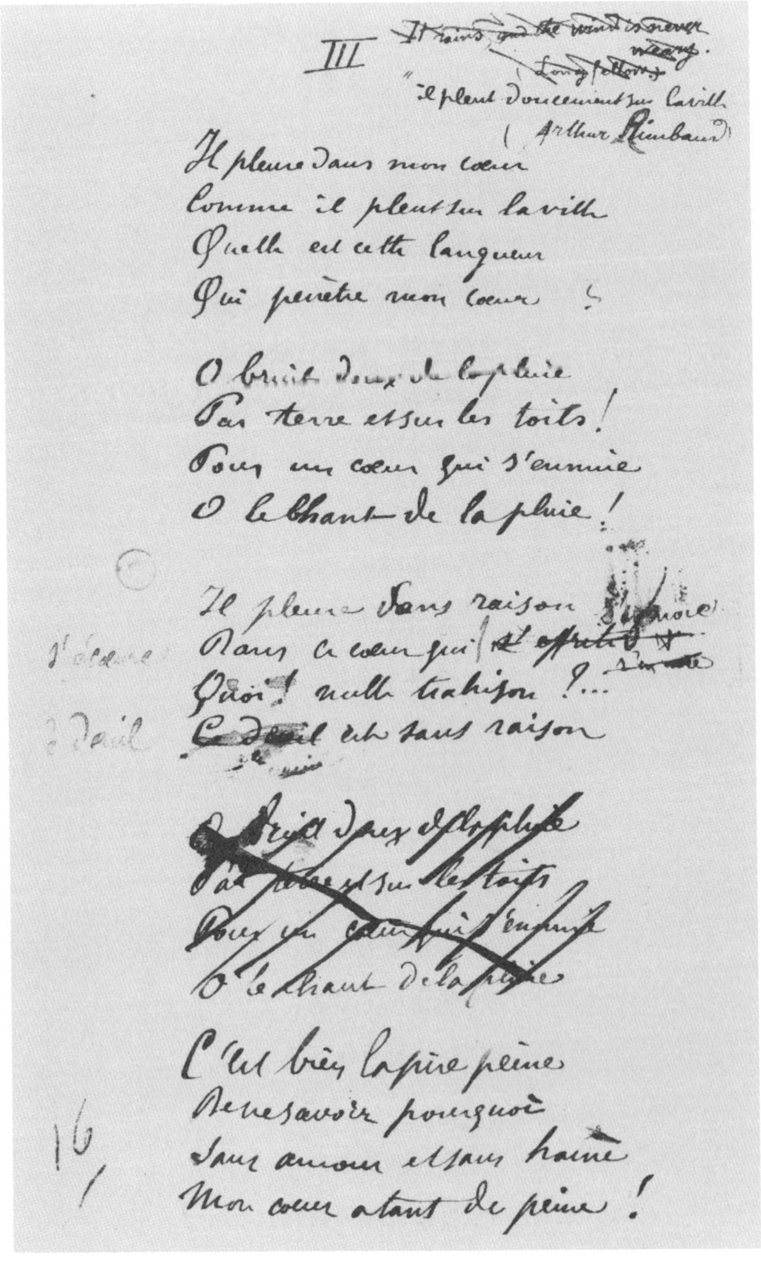
III

It rains and the wind is never weary.
(Longfellow)

"Il pleut doucement sur la ville"
(Arthur Rimbaud)

Il pleure dans mon coeur
Comme il pleut sur la ville
Quelle est cette langueur
Qui pénètre mon coeur ?

O bruit doux de la pluie
Par terre et sur les toits!
Pour un coeur qui s'ennuie
O le chant de la pluie!

Il pleure sans raison
Dans ce coeur qui [illegible]
Quoi! nulle trahison ?...
Ce deuil est sans raison

[illegible]

C'est bien la pire peine
De ne savoir pourquoi
Sans amour et sans haine
Mon coeur a tant de peine!

16

魏尔伦《被遗忘的小咏叹调》（之三）手迹

难道可能——这就是那——
自豪的流放，凄惨的流放？

我的魂对心说：难道
难道我就明白，这圈套

要我们怎样？虽然已被流放，
虽然远在路上，我们却仍在这地方。

（之八）

烦闷无边无际，
铺满了原野，
变幻不定的积雪
闪烁如沙砾。

天穹一片昏沉，
古铜凝着夜紫。
恍惚见月华生，
恍惚见月魄死。

雾一般的水汽
笼罩近旁的森林，
橡树如一群乌云，

灰暗地浮起。

天穹一片昏沉，
古铜凝着夜紫。
恍惚见月华生，
恍惚见月魄死。

狼群又瘦又弱，
乌鸦在喘息，
酸风紧紧相逼，
你们将奈何？

烦闷无边无际，
铺满了原野，
变幻不定的积雪
闪烁如沙砾。

绿

这儿是花与果，这儿是枝与叶，
还有一颗只为你跳动的心，
请别用白皙的双手把它撕裂，
愿你的明眸哂纳这谦卑的礼品。

我来了，身上还沾满着露滴，
经晓风吹拂，在额上结成了冰珠。
请容许我在你脚边歇一歇倦意，
让梦中美好的瞬间把倦意安抚。

让我的头枕着你青春的胸口，
你最后的吻在我头上留着回声；
我祈求平静，在猛烈的风暴过后，
既然你睡了，让我也做一会儿梦。

魏尔伦在酒吧里喝苦艾酒

大而黑的睡眠

大而黑的睡眠
落在我生活上：
睡吧，一切心愿，
睡吧，一切希望！

我已看不见东西，
我已失去记忆——
不论好的、坏的……
整个悲哀的经历！

我是一只摇篮，
有只手把我摇着，
在墓穴里摇我：
沉默吧，沉默！

夕 阳

无力的晨曦
把忧郁的夕阳
泼洒在
田野之上。
忧郁
用柔歌
抚慰我心,
心
在夕阳中遗忘。
离奇的梦境
仿佛
沙滩上的夕阳。
红色的幽灵
不断地
闪现,就像是
沙滩上
巨大的夕阳。

屋顶的天啊……

屋顶的天啊，
　　又静又蓝！
屋顶的树啊，
　　摇着树冠。

天那边的钟啊
　　轻轻敲响；
树那边的鸟啊
　　含冤而唱。

上帝啊，生活就在那里，
　　简朴安宁。
那温和的嘈杂
　　来自城市。

——你的青春，哦，你呀
　　你不断地哭，
你的青春，哦，说呀，
　　如何虚度？

永 不 再①

回忆啊回忆，你究竟想要我怎么样？
秋天使斑鸫穿越沉郁的空气低飞高翔，
一束单调的阳光慵懒无力，射向
枯黄的森林，风在林中呼呼作响。

她和我，我们俩双双在散心，
梦悠悠，头发和思绪随风飘行。
忽然，她向我转过动人的眼睛：
"哪天是你最美的日子？"声如金铃，

她天使般的声音甜美清亮，
一个审慎的笑回答了她的提问，
我吻着她白皙的手，虔诚异常。

啊！初开的花朵，多么芬芳，
最初的允诺吐自亲爱的嘴唇
伴着迷人的嗫嚅在耳边轻响！

---

① 原文标题为英文Nevermore，意为此时此际，一去永不再来。这是一首比较奇特的
十四行诗，第一节全部用A韵，第二节全部用B韵。

丘比特之箭

曼陀铃

唱小夜曲的男子
与听小夜曲的美女
在吟唱着的树底
交换着乏味的话语。

是提西，是阿曼特，
是永恒的克里当得尔，
是戴弥，他为无数残忍的女性
谱写过无数温柔的歌儿。①

他们短短的绸衣，
长长的燕尾裙，
他们的优雅和欢欣
他们无力的蓝影

---

① 提西、戴弥和阿曼特均为牧歌中的牧人；克里当得尔，意大利喜剧中的爱情角色，男性。

都在月光下旋转，
昏黄的月亮陷入狂喜，
微风轻轻抖颤
曼陀铃响起。

感伤的对话

孤寂冰冷的旧花园
两个影子刚走过。

他们口齿不清眼无神，
听不清他们说什么。

孤寂寒冷的旧花园
两个幽灵忆往事。

——还记得我们旧日的狂喜？
——为什么你老是不忘记？

——一听见我的名还脸红？
夜里还老是梦见我？——不。

　　——啊，在那美好的日子里，我们
　　热切相吻，多么幸福！——有可能。

　　——天多么蓝，充满了希望。
　　——它败了，逃到漆黑的天上。

　　就这样，他们在麦丛中走着，
　　只有夜听得见他们的低语。

（1851～1920）

努 伏

热尔曼·努伏（*Germain Nouveau*）号称是兰波第二，他的经历、性格、思想和诗歌风格都与兰波酷似，只是兰波的名声太大，使人们忽视了他的存在。

努伏生于法国瓦尔的一个小资产阶级家庭，生性好动，放荡不羁，到处游荡。1872年，他来到巴黎，结识了许多诗人，并以笔名发表了一批诗文。次年，他陪兰波去伦敦远游，回国后与马拉美来往频繁，不久又只身出游，在英国遇到了魏尔伦。从此，他不断地写诗、交友和旅游，并在政界得到发展，官至内阁成员。但他不能长期忍受这个职位所带来的单调、乏味和拘束，不久便辞职去黎巴嫩执教。他曾得过怪病，被关进医院，出院后继续在欧美作长途旅行，过着半流浪半乞讨的生活，其间几度被囚，后死于贫困。

努伏的诗带有浓厚的宗教色彩，他在诗中祈祷上帝，赞美圣母，谈论圣人、教士、神甫，宣扬仁慈、道德、宽恕。他认为所有真诚的诗都是一种祈祷，它高于智力和知识，手数念珠的老太婆知道伏尔泰所不知道的东西。人类可以通过祈祷与上帝或神灵沟通、对话，但必须借助通灵者的帮助，诗人正是这种通灵者。努伏认为世界存在于圣书当中，而书中的伟大文字是由诗人准确地辨认出来后传授给读者的。努伏在这部圣书中读出的最主要内容是"爱"。当然这种爱是一种广义的、崇高的爱，它包括两性之间的情爱，也包括人类之间的博爱。在这种爱的沐浴下，一切都获得了生机，得到了复苏。

但努伏并不是一个宗教诗人，更不是圣贤，恰恰相反，他像兰波一样，充满了反叛精神，他的诗写得相当粗俗大胆，从不拒绝肮脏的启示和丑闻，他有时乱开玩笑，胡扯一通。对他来说，宗教与丑恶之间并无明显的区别。努伏的这种粗俗使他的抒情诗甚至是爱情诗也失去了甜蜜、温情的一面，以致屡遭出版商的拒绝。

努伏最重要的诗集为《瓦伦蒂娜》，其中的爱情诗写得既神秘又可诅咒。诗人以天使的口气和庄严的节奏把宗教、神话和理想中的女子结合在一起，诗中既有肉欲的骚动，又有精神的呼唤，上帝与女人、崇高与欲望之间的区别在吻和祈祷当中消失了，只剩下一片虔诚和真挚的爱之和声。

夏日十四行诗

我们的小屋堪称寒舍，
可神的气息无时不在，
只有淡淡的日光才许进来，
而且，它温柔得如同夜色。

一个金发的女子正在弹琴，
她穿着漂亮的晨衣更显苗条，
曼陀铃发出好听的声音，
大镜子映照着白色的轻缦。

饿了的时候，我们不吃别的，
光挑来自东方的奇珍异果，
喝水的杯子也须金银制作。

睡觉时，我们就像小猫，
两人都躺在清凉的席上，
忘了一切，甚至忘了太阳！

乞 灵

请看看天空、大地和整个自然；
这是上帝之书，是他伟大的笔迹，
人类不停地读，却永远也读不完。
逗号辉煌壮丽，句号恢宏无际！
彗星和太阳，无数火烫的字母！
夜的眼睛比白天更加迷人。
每个闪耀的天体都嘈杂喧闹，
那是上天用寂静谱成的珍贵乐声；
每个静止的天体都在飞驰奔跑。
啊！美丽的光芒，愿上帝把你们变成
远方的睫毛，我们熟睡时，你们还在
久久地扑动，直到我们的眼耗尽你们的力，
愿你们热情不灭，魅力四射！

（*1854~1891*）

兰 波

法国名家诗选

阿尔蒂尔·兰波（*Arthur Rimbaud*）是法
国象征派的重要诗人，他以其谜一般的诗篇
和富有传奇色彩的一生吸引了众多的读者，
成为法国文学史上最引人注目的诗人之一。
《不列颠百科全书》上说："几乎没有哪个
诗人像他那样成为人们如此热心研究的对
象，也没有哪个诗人对现代诗歌产生的影响
比他更大。"兰波不但以其诗歌理论和创作
实践为象征主义开辟了道路，而且也因其大
胆的创新和改革成为超现实主义和其他现代
诗派所崇拜的英雄。

兰波生于法国西北部的一个小城，15岁
便开始写诗，显露出不凡的诗歌才华。巴黎
公社起义时，他写诗热烈响应，并写信给魏
尔伦，表示了敬仰之情。于是，两个不安分

的诗人走到了一起，四处游历，后发生冲突，兰波从比利时独自步行回家，埋头写《地狱一季》。之后，他又重返巴黎，与努伏结伴前往伦敦，途中写了许多散文诗，后结集出版，取名为《灵光篇》。之后，兰波告别诗坛，开始了新的冒险生涯，后在非洲经商时右膝生瘤，回国治疗途中病情恶化，客死马赛，年仅37岁。

兰波的诗歌创作可分为四个阶段。1871年之前，他的诗时代气息浓，战斗性强，锋利明快，热情幽默，但手法比较陈旧，有模仿前人的倾向，如《奥菲莉娅》带有浓厚的浪漫主义气息，《感觉》也没有摆脱浪漫派和巴那斯派的影响。1871年，兰波开始尝试一种崭新的诗。他把波德莱尔的"通感"（或"契合"）理论具体地运用到诗中，力图创造出一种有声、有色、有味，能同时娱乐五官的作品。《元音》是他最典型的实践，在这首诗中，他给每个元音字母都规定了颜色，通过具体的描绘把形状、颜色、气味、音响和运动等因素交织起来，形象而生动地阐明了他对通感的理解。《元音》和波德莱尔的《契合》、魏尔伦的《诗艺》被认为是象征派诗歌的纲领。

如果说兰波的"通感"实践是建立在波德莱尔的理论之上的，那"通灵"则完全是兰波的发明。通灵意为诗人必须有一种超常的本领，他必须看到别人看不到的东西，听到别人听不到的东西。他认定新的诗歌不再需要撕破可见的世界去歌唱，去咒骂，而要凭借幻影和错觉，记下不可表达的东西，捕捉飞逝而过的狂想。《醉舟》具体实施了他的这套理论，用象征的手法描绘梦想中的真实世界。这首诗突破了诗的传统，表现了兰波强烈而奇幻的风格，诗中贯穿着狂热的寻求，充满了鲜艳的色彩和

十九世纪

联觉，呈现出"创世纪"式的幻象，这首诗后来成了前期象征派的代表作，在19世纪末的诗歌中，也许只有马拉美的《牧神的午后》能与之媲美。

1872年，兰波在诗的形式和语言方面进行了革新，他抛弃了亚历山大体的格律和严格的十四行体，致力于自由诗的创作。在语言上，他对文字和句法进行了一系列的"冶炼"和"加工"，决意要创造一种"诗的动词，能表达所有的思想"，创造一种语言，能表达一切香味、声音和色彩。他确定每个辅音的形式和动作，渴望用自然的节奏创造出一种适应各种官能的诗歌语言。在这种诗歌观念的影响和指导下，兰波的自由诗文字简单、节奏质朴、轻盈飘逸，但蕴藏着深奥丰富的思想。《永恒》、《幸福》、《最高塔之歌》就属于这类简单而深刻的"新诗"。

1873年，兰波从自由诗过渡到散文诗。《地狱一季》和《灵光篇》既是诗人对自己人生经验的总结和行为的反思，更是对诗艺的探索和创新。这两部散文诗标志着兰波创作的新高峰，同时也把兰波的晦涩、象征、幻觉和文字炼金术推向了极致。法语的音乐性在《地狱一季》中得到了充分的发扬，诗中的句子不但音韵美、画面美，而且气势恢宏，极具深度和广度。《灵光篇》则倾向于"通灵"的实验，兰波通过所谓的炼金术，寻求"综合了芳香、音响、色彩，概括一切，可以把思想与思想联结起来，又引出思想"，"使心灵与心灵呼应相通的语言，以达到'未知'的深处"。《灵光篇》大量地使用了抽象词汇，充满隐喻和象征，意象朦胧，一切都处于急变当中，转瞬即逝。

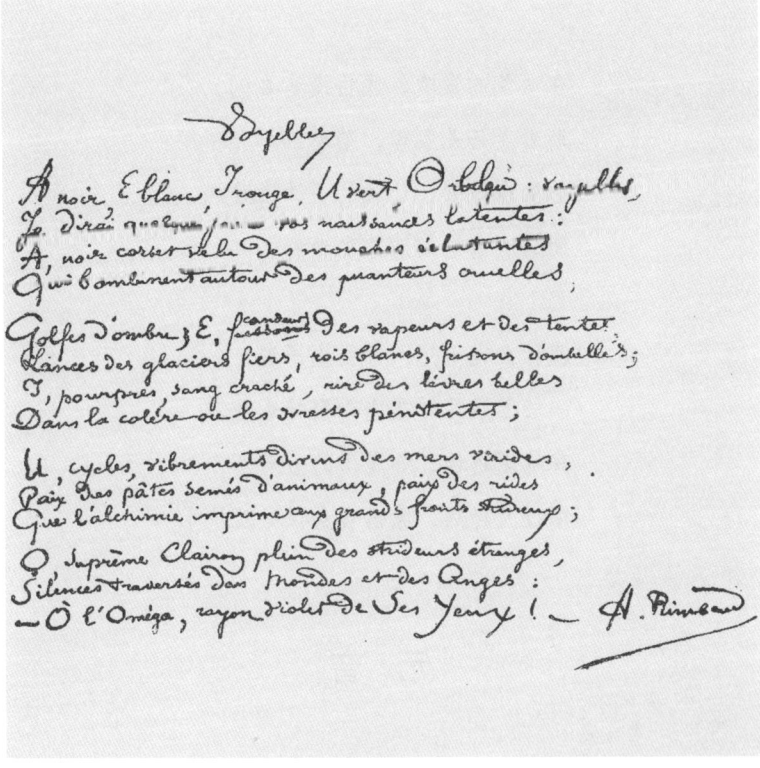
Voyelles

A noir, E blanc, I rouge, U vert, O bleu : voyelles,
Je dirai quelque jour vos naissances latentes :
A, noir corset velu des mouches éclatantes
Qui bombinent autour des puanteurs cruelles ;

Golfes d'ombre ; E, candeurs des vapeurs et des tentes,
Lances des glaciers fiers, rois blancs, frissons d'ombelles ;
I, pourpres, sang craché, rire des lèvres belles
Dans la colère ou les ivresses pénitentes ;

U, cycles, vibrements divins des mers virides,
Paix des pâtis semés d'animaux, paix des rides
Que l'alchimie imprime aux grands fronts studieux ;

O Suprême Clairon plein des strideurs étranges,
Silences traversés des Mondes et des Anges :
— Ô l'Oméga, rayon violet de Ses Yeux ! — A. Rimbaud

兰波《元音》手迹

感　觉

在蓝色的夏晚，我将漫步乡间，
迎着麦芒儿刺痒，踏着细草儿芊芊：
仿佛在做梦，让我的头沐浴晚风，
而脚底感觉到清凉和新鲜。

我什么也不想，什么也不说，
一任无限的爱在内心引导着我，
我越走越远，如漫游的吉普赛人
穿过大自然，像携着女伴一样快乐。

元　音

A黑、E白、I红、U绿、O蓝：元音们，
有一天我要泄露你们隐秘的起源：
A，苍蝇身上的毛茸茸的黑背心，
围着恶臭嗡嗡旋转，阴暗的海湾；

E，雾气和帐幕的纯真，冰川的傲峰，

白的帝王，繁星似的小白花在微颤；

I，殷红的吐出的血，美丽的朱唇边

在怒火中或忏悔的醉态中的笑容；

U，碧海的周期和神奇的振幅，

布满牲畜的牧场的和平，那炼金术

刻在勤奋的额上皱纹中的和平；

O，至上的号角，充满奇异刺耳的音波，

天体和天使们穿越其间的静默：

噢，奥美加，她明亮的紫色的眼睛！

醉 舟

当我顺着无情河水自由流淌，
我感到纤夫已不再控制我的航向。
吵吵嚷嚷的红种人把他们捉去，
剥光了当靶子，钉在五彩桩上。

所有这些水手的命运，我不管它，
我只装运佛兰芒小麦、英国棉花。
当纤夫们的哭叫和喧闹消散，
河水让我随意漂流，无牵无挂。

我跑了一冬，不理会潮水汹涌，
比玩得入迷的小孩还要聋。
只见半岛们纷纷挣脱了缆绳，
好像得意洋洋的一窝蜂。

风暴祝福我在大海上苏醒，
我舞蹈着，比瓶塞子还轻，
在海浪——死者永恒的摇床上
一连十夜，不留恋信号灯的傻眼睛。

绿水渗透了我的杉木船壳——
清甜赛过孩子贪吃的酸苹果，
洗去了蓝的酒迹和呕吐的污迹，
冲掉了我的铁锚、我的舵。

从此，我就沉浸于大海的诗——
海呀，泡满了星星，有如乳汁；
我饱餐青光翠色，其中有时漂过
一具惨白的、沉思而沉醉的浮尸。

这一片青蓝和荒诞，以及白日之火
辉映下的缓慢节奏，转眼被染了色——
橙红的爱的霉斑在发酵，在发苦，
比酒精更强烈，比竖琴更辽阔。

我熟悉在电光下开裂的天空，
狂浪、激流、龙卷风；我熟悉黄昏
和像一群白鸽般振奋的黎明，
我还见过人们只能幻想的奇景！

我见过夕阳，被神秘的恐怖染黑，
闪耀着长长的紫色的凝辉，
海浪把颤动的百叶窗向远方卷去，
像远古时代戏剧里的合唱队！

我梦见绿的夜，在炫目的白雪中，

一个吻缓缓地涨上大海的眼睛，

闻所未闻的液汁的循环，

磷光歌唱家的黄与蓝的觉醒！

我曾一连几个月把长浪追赶，

它冲击礁石，恰像疯狂的牛圈，

怎能设想玛利业们光明的脚

能驯服这哮喘的海洋的嘴脸！

我撞上了不可思议的佛罗里达，

那儿豹长着人皮，豹眼混杂于奇花，

那儿虹霓绷得紧紧，像根根缆绳

套着海平面下海蓝色的群马！

我见过发酵的沼泽，那捕鱼篓——

芦苇丛中沉睡着腐烂的巨兽；

风平浪静中骤然大水倾泻，

一片远景像瀑布般注入涡流！

我见过冰川、银太阳、火炭的天色，

珍珠浪、棕色海底的搁浅险恶莫测，

那儿扭曲的树发出黑色的香味，

从树上落下被臭虫啮食的巨蛇！

我真想给孩子们看碧浪中的剑鱼——
那些金灿灿的鱼，会唱歌的鱼；
花的泡沫祝福我无锚而漂流，
语言难以形容的清风为我添翼。

大海——环球各带的疲劳的受难者，
常用它的呜咽温柔地摇我入梦，
它向我举起影的花束，带着黄的吸盘，
我就像女性似的跪下，静止不动……

像一座浮岛满载金黄眼珠的鸟，
我摇晃着一船鸟粪，一船喧闹。
我漂流，而从我破烂的缆绳间，
浮尸们常倒退着漂进来小睡一觉！……

我是失踪的船，缠在峡湾的青丝里。
还是被风卷上飞鸟不到的太虚？
不论铁甲舰或汉萨同盟的帆船，
休想把我海水灌醉的骨架钓起。

我自由荡漾，冒着烟，让紫雾导航，
我钻破渐渐发红的天墙，这墙上
长着太阳的苔藓、穿苍的涕泪——
这对于真正的诗人是精美的果酱。

我奔驰，满身披着电光的月牙，
护送我这疯木板的是黑压压的海马；
当七月用棍棒把青天打垮，
一个个灼热的漏斗在空中挂！

我全身哆嗦，远隔百里就能听得
那发情的河马，咆哮的漩涡，
我永远纺织那静止的蔚蓝，
我怀念着欧罗巴古老的城垛！

我见过星星的群岛！在那里，
狂乱的天门向航行者开启：
"你是否就睡在这无底深夜里——
啊，百万金鸟？啊，未来的活力？"

可是我不再哭了！晨光如此可哀，
每个太阳都苦，每个月亮都坏。
辛辣的爱使我充满醉的昏沉，
啊，愿我龙骨断裂！愿我葬身大海！

如果我想望欧洲的水，我只想念
那黑冷的小水洼，到芳香的傍晚，
一个满心悲伤的小孩蹲在水边，
放一只脆弱得像蝴蝶般的小船。

波浪啊，我浸透了你的颓丧疲惫，
再不能把运棉轮船的航迹追随，
从此不在傲慢的彩色旗下穿行，
不在监狱船可怕的眼睛下划水！

流　浪

（幻想）

我流浪，双手插在空瘪瘪的衣袋；
头顶蓝天，外套也破烂不堪；
缪斯啊，我是你忠诚的伙伴！
哦！我梦见了这么多辉煌的爱！

我仅有的一条短裤穿了个大洞。
——爱幻想的"小拇指"，我一边走，
一边构思着诗句。大熊星是我的旅店，
——我的群星沙沙作响，闪烁空中。

我坐在路边，听着这轻轻的声响，
在这九月的良宵，露水滴在额上
就像强身的补酒；

在虚像丛生的黑影中，我一边
作诗，一边拉着破鞋的带子，
如同拉琴，脚搁在胸前。

"奥菲莉娅像朵巨大的百合，一身洁白枕着长长的纱裙，
在水中慢慢飘漂行……"

奥菲莉娅①

一

宁静而漆黑的水面，沉睡着星星，
奥菲莉娅像朵巨大的百合，一身洁白
枕着长长的纱裙，在水中慢慢漂行，
——远处的林中有围猎的号声传来。

一千多年了，如同白色的幽灵，
凄惨的奥菲莉娅在这黑色的长河中漂逝，
一千多年了，她甜蜜狂热的爱情
在晚风中低诉着她的浪漫史。

风吻着她的双乳，松开她宽大的裙子，
纱裙像盛开的鲜花，在水中轻漂，
柳丝在她肩上哭泣，不停地战栗，
芦苇对着她沉思的巨额弯下了腰。

---

① 奥菲莉娅，莎士比亚《哈姆雷特》中的女主人公。哈姆雷特装疯后，她悲痛欲绝，在河边采花时失足落水而死。

被碰伤的睡莲在她周围哀叹；

有时，她惊动了树上的鸟窝，

只听翅膀轻拍，鸟儿飞远：

——一首神秘的歌从金色的星星上飘落。

二

啊，苍白的奥菲莉娅，你白雪般美！

是的，你死了，孩子，已被河水冲走！

——因为风从挪威高山上吹来①

曾低声跟你说过来之不易的自由。

---

① 《哈姆雷特》的故事发生在丹麦，故联想到北欧的高山。

因为吹卷你长发的轻风
把奇特的声音送入你的梦魂；
因为在树的哀愁和夜的叹息当中
你的心在倾听大自然的歌声。

因为怒海的涛声像人嘶哑的喘息，
击碎了你太仁慈温柔的幼小胸膛，
因为四月的一个早晨，苍白英俊的骑士，
一个可怜的疯子①，默默地坐在你身旁。

可怜的疯女啊，多美的梦！天堂，自由，爱情！
你和他融为一体，就像雪融化在火中：
巨大的幻觉窒息了你的声音，
——可怕的永恒让你蓝色的眼睛又惊又恐！

三

——诗人说，夜晚，你常顶着满天星光，
前来寻找，寻找你采摘的花儿；
还说，他曾看见奥菲莉娅一身白裙
像朵巨大的百合，漂浮在水面。

---

① 指哈姆雷特。

(1860~1887)

拉福格

　　儒勒·拉福格（*Jules Laforgue*），像兰
波一样，是个早逝的天才诗人。他很早就失
去了双亲，是姐姐把他抚养成人的。21岁那
年，在一位诗人朋友的推荐下，他去柏林给
奥古斯塔王后当法语辅导教师，6年后回国
结婚，婚后不到三个月便死于肺结核。年仅
27岁。

　　拉福格的主要作品有《怨言集》、《仿月
亮圣母院》、《善良之花》、《最后的诗》等，
而写得最早的《大地的哭泣》却出版得最
晚，他死后才由朋友们整理出版。拉福格的
诗句法灵活，形式轻盈，不时迸发出滑稽幽
默的巧智，但洒脱的外表掩不住诗人内心的
沉重和忧郁。拉福格长期生活在贫病之中，
对世界和未来抱有一种悲观的态度，忧郁失

望之情贯穿他的诗歌。他的诗中没有温暖的太阳，只有冰冷的月亮，没有快乐多情的夏季，只有肃杀多雨的秋天。纯洁的爱情难以得到，心中的恋人不可企及，那些庸俗的女人、粗糙的肉体只能使他感到厌恶和恐惧。他渴望真诚，可爱情屡遭玷污；他不乏冲动，可热情总被毁灭，所以只能听凭无意识的指引，在诅咒与安慰、嘲弄与激情，潇洒和忧郁中徘徊彷徨。许多评论家因此而把他当作是法国第一个颓废诗人。

拉福格喜爱波德莱尔式的忧郁，也试着塑造过洛特莱阿芒的那种残酷、怪异的超现实主义幻象。他具有兰波充满反抗精神的激情和冲动，并像兰波那样对诗句进行革新。他打破传统的句法，创造新词，诗中的语气常常突然转换，节奏随时可能中断，表现出极大的自由。他曾把自己的诗称为"空白散文"，在《传奇道德剧》中这种空白散文达到了顶点。但这种错位在拉福格的诗中不但没有引起错乱反而显出一种和谐与自然，并起到了补充主题的作用。此外，拉福格的诗还富有十分强烈的节奏感和音乐感，据说他常一边听朋友弹琴一边写诗，这是否真实姑且不论，但他的诗中的确回荡着魏尔伦的那种如歌如泣的旋律。

rentrés chez soi par ce pluvieux soir de mars, chacun rétablira son plus ou moins pratique paquet de lettres, les lettres qui seront rendues dans un coin du Musée de Marine au Louvre — Comme cela ne vieillit, tout de même! songe-t-elle — tout de même, tout de même! ai-je été assez jeune! fait-il.

Peu importe, ajouterai-je, vos pas sont comptés, aussi bien à l'un qu'à l'autre, comme ceux de tout le monde.

*
* *

Vanité, vanité, tout n'est que Vanité. Traduisant mélancoliquement, tous, hommes et femmes, et la Planète, en chœur (Sablons, une, deux!): Célibat! célibat, tout n'est que Célibat!

Jules Laforgue

拉福格手迹

法国名家诗选

320

星 期 天
（之二）

哦！这钢琴，这可爱的钢琴，
它永远永远停不下来，
哦，这钢琴，它在那上面呻吟，
琴声顽固地钻进我的脑海！

这是阴郁的波尔卡，
是献给看门人的浪漫曲，
是练习曲，精致高雅，
是《少女的祈祷》之旋律！

逃？在这春天里，逃往何方？
外面，星期天，无所事事……
在家里也闲得发慌，
唉！在世界上无所事事！……

啊，弹琴的少女！
我知道你冷酷无情，
别再让这钢琴
发出哀伤的声音……

命中注定的一幕幕回忆，

疯狂古老的一个个传说，

够了！够了！一看见你

我的灵魂就立即逃脱……

真的，一个阴沉的**星期天**，

任何该做的事我都不干，

巴尔巴里琴声一丁点，

（可怜的人！）就使我肝肠寸断。

所以啊，我觉得自己太傻！

我已结婚，却想去吻

别的女人，并双膝跪下

想对她说些暧昧的话：

"我的心，我的心太重要，

而你，不过是人的肉体，

不会有什么烦恼，

除非我伤害了你什么！"

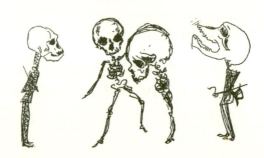

美　学

成熟女性或年轻姑娘

各种各样的我都曾见识，

有的好商量，有的难交往；

下面让我说说她们的秘密：

她们就像花朵，很多品种，

有的傲慢，有的孤单，

光是叫喊对她们毫无作用，

我们享受，她们就留。

她们抓不住，惹不恼，

只想让我们觉得她们漂亮，

我们得成天对她们这般唠叨，

然后好好地把她们尽享。

无需山盟海誓，也不需戒指，

她们给我们什么我们就要什么，

尊严虽然重要却可能不着边际，

她们的眼睛高傲但目光单调。

XXᵉ
SIÈCLE

二十世纪

Régnier

（*1864~1936*）

雷尼埃

雷尼埃是20世纪法国诗坛上的启明星。他带着旧时代的余晖和新时代的晨曦，风尘仆仆地跨入了新世纪。

亨利·德·雷尼埃（*Henri de Régnier*）出身贵族，在巴黎读完中学后接着上大学读法律；他是在巴那斯派的影响下开始写诗的，1885年，他把陆续发表在杂志上的诗结集出版，取名为《翌日》。之后，他结识了普吕多姆、马拉美、魏尔伦等，对象征派和自由诗产生了强烈的兴趣，写了许多具有象征色彩的诗，如诗集《安息》、《风景》、《插曲》、《古传奇诗集》、《乡村迎神盛会》等。

雷尼埃的诗既有大理石般的静默、稳固，又充满了神奇的梦幻和富有暗示性的象征。他用诗建立了一个神秘、朦胧的世界。在这个世界上，花园、漏壶、沙漠、海滩，一切都具有多重的意义，任何意想不到的事情都有可能发生：树成了林泽仙女，雕像变成了活生生的神灵；生死之间不再存在着距离，色彩、形状和味道相互混杂和变换。诗人认为，可见的世界后面隐藏着一个不可见的世界，这个世界无法认识，但能够感觉得到。所以他在诗中用种种意象来刺激、触发我们的感觉，让我们在想象和感觉中重建一个新的、从来未曾有过的世界。

雷尼埃不是纯粹的巴那斯派诗人，也不是完全的象征派诗人，他所接受的影响是多方面的，除了前面提到的普吕多姆、马拉美和魏尔伦以外，还有他的岳父埃雷迪亚。此外，舍尼埃的古典倾向和抒情风格也给他以灵感和启发。1900年，他写了《陶土奖章》献给舍尼埃，从这部诗开始，诗人又回到了格律诗和古典情趣上。诗人力图用古老的巴洛克艺术来展现当代的思想和观念，他在诗中追忆古代文化和原始生活，怀念文艺复兴，努力揭示和发掘旧时代的魅力。他用典雅而伤感的笔调描写凡尔赛深秋的凄凉景象：玫瑰凋谢了，神灵遭到了亵渎，面对美和崇高的消失，诗人感到了极大的哀伤和忧虑。但他认为幻想能重新唤起昔日的美，诗人的根本职责就是审视历史，寻找和展示时间当中的精华。诗是偶然和瞬间的产物，诗只有在梦幻当中变化才能显其丰富，而事物的形状、味道和美是不会使人感到痛苦的唯一回忆，所以，揭示事物的视觉、味觉和内在的美就成了诗的主要任务。

Le Voyageur

Vers la douce maison dont j'ai fermé la porte,
Un soir, sur l'âtre en cendre et sur la lampe morte,
Je reviendrai, car l'aube est triste sur la mer,
Y rallumer la lampe éteinte et l'âtre clair ;
La forêt est si vaste au bout des marais mornes
Que l'an aura déjà décliné vers l'automne
Quand mes pas oubliés raniment l'écho
Qui répond, en entrant, à gauche de l'enclos,
Anxieux qu'au jardin les faunes sous les treilles
Aient, la ruche rompue, emporté les abeilles
Et les Satyres bu les outres au cellier
En dansant et pillé les plants de l'espalier
Et, avec les roses mortes, dans la fontaine,
Jeté les fruits pourris, des caïeux et des graines

Hre de Régnier

(Extrait d'Aréthuse)

雷尼埃手迹

风　景

我们看见，在午夜的蓝天，
有些狂乱的天体和僵死的星，
无穷的欲望勾起我们的爱情，
对我们空口许下幸福的诺言。

热灰中还藏有黄玉，它们曾装点
我们的宫墙，宫殿早成灰烬，
倒塌的花坛里我们的夜苏醒，
石头滚入河中，在泥底深陷。

星星和眼睛消逝的幻景
化作健忘的波涛，缓慢地翻滚，
充当警觉无言的原始证人。

在金芦苇间做梦的红鹳，
百年一度，哗哗地飞远，
再也无人知道这些废墟的大名。

二十世纪

秋

美人啊，如果秋夜依然温柔，
请感谢上苍，它让夏季之后
秋凉迟迟不来，花儿继续开放，
夕阳模仿黎明，在神秘的天上
抹上一道道光芒，
姹紫嫣红，溢彩流光！

你看，上天让随风飘飞的枯叶
变得一片金黄，温柔而体贴；
并下了诏书，命令绿色的芦苇
单枪匹马，或成双成对，
根据高矮排列，逐一变为
漂亮的排箫或长笛，天下无双。

还是上天，用你夏天的鲜花
装饰你秋天刚刚成熟的青春，
它还希望从花中逸出的芬芳
仍带有水果的香味；它希望
潮水退去之后，有个美女
面对大海，脸上带着微笑。

夜晚的花朵

行人啊，当你经过我家

看见我坐在门前，一头白发

双手空空，常绿的藤蔓

在我头顶互相纠缠，

别以为我忘了大地永恒，

一年四季在不断地更替。

这些，我知道得比以前更清楚。

当年，为了让众神给我力量，

或给泉边的美女作嫁衣裳，

万花丛中，我挑花了双眼。

如今我聪明多了，只坐在门前

等步履缓慢的夏替代匆匆而去的春。

寂　静

寂静也许是个沉默的声音，
如同一个变成雕像的神灵，
静寂仿佛让世上没了生命的迹象，
只有影子在阳光下围着雕像移动。
寂静也许是个无所不知的声音，
就像沉默不语的大理石神像。
它永远不变的动作似乎在暗示我们
要好好听它的影子对路人说些什么。
行人们单腿跪下，仰视石雕的神灵，
看着它默默地向大地发号施令。

二十世纪

（1868～1955）

克洛岱尔

保尔·克洛岱尔（*Paul Claudel*）是后期
象征派的主将，早在巴黎读中学时就显露出
罕见的才能。他敢于怀疑、嘲笑权威，挑战
名家。学校教育远远不能满足他巨大的精神
需求，他一度陷入迷茫和失望，后来在兰波
的诗中找到了安慰和希望。兰波是第一个给
他以深刻影响的诗人，克洛岱尔曾说："我
得到的第一缕真理之光来自一位大诗人的著
作，我永远感激他，他在我的思想形成过程
中具有相当重要的意义。我读了他的《灵光
篇》，九个月后又读到他的《地狱一季》，
对我来说，这是一件大事。这些作品第一次
在我世俗的黑牢里击开了裂缝。"透过这道
灵光，克洛岱尔看到了一个新的世界，感受
到了一种新的存在。他像兰波一样，用自由

的语言把自己的感觉和感受记录下来，向人们揭示了一个空灵、纯净的感觉世界。

1886年，18岁的克洛岱尔在巴黎圣母院参加晚祷时，被宗教的庄严和神明深深地打动了，他感到上帝在呼唤他，要他"替天行道"。从此，他笃信基督，成了一名虔诚的教徒。诗和宗教在克洛岱尔身上神秘地结合了起来，产生了一种无穷的精神力量，既治好了他的痛苦和失望，也向世人昭示了一个神奇、真实、充满灵光的世界。

1890年，克洛岱尔考上外交官，在欧美任职数年后又远道来到东方执行公务，一待就是14年，他先后在北京、天津、福州等地任领事。在这期间，他写了许多重要作品，如《与东方相识》、《金缎鞋》、《与时间相识》、《颂歌》、《分享中午》等。

克洛岱尔的诗富有宗教哲理，他把"上帝创世"看作是文学的本质，认为诗人是上帝的模仿者，而写诗则是对创世的模仿。诗人赋万物以意义，这就同上帝创世一样。他致力于表现人与世界与上帝的统一，着重在精神上把握世界的整体，认为以前的作家有很多缺陷，最主要的是不能完整地把握世界。波德莱尔和兰波是了不起的大诗人，他们意识到了这种缺陷，试图深入到"未知"中去寻找新的事物，但未能完全如愿。为了全面、准确地把握世界，体验天人合一的真谛，并把这种精神感受移植到诗中，克洛岱尔创造了一种特殊的新诗体——克洛岱尔体。这种散文式的诗体由圣经体长短句组成，它一反常规，没有通常意义上的韵律和节拍，只服从于大自然的节奏，把狭义概念的韵脚扩大至人类内心意识流动和灵感迸发的韵律，并且把这种宇宙的天籁与完美的诗歌形式自由地结合起来，从而完整地揭示事物和人类意识活动的本质。

克洛岱尔体在《金首级》中首试成功，他以后的绝大部分诗歌都采用这种形式。在"五大颂歌"中，这种诗体的奇妙得到了完全的体现，那是克洛岱尔最重要的作品，带有忏悔性质，深受《圣经》和品达抒情诗的影响。诗人满怀热情地歌颂生命的意义和思想的自由，其中第一大颂歌《缪斯》——描写了九位缪斯女神的风采及各自的作用，写得绮丽、刚健而高贵，充满了幻想。

克洛岱尔的诗一方面根植于西方宗教之中，另一方面又融东西方文化的精髓于一体。《与东方相识》是诗人在中国任职5年所留下的纪念，诗人以宽阔博大的胸怀试图理解东方，感受东方文明的真谛，想让东西方文化来一次碰撞，让它迸发出智慧的灵光。《十二月》真切地描绘了中国南方十二月的一幅图景，想象奇特传神，诗人用心灵静静地去感受这个十二月下午的宁静、温柔、忧伤和期待。《溶》作于诗人离华回国的船上，他把有形之物和无形之情溶入茫茫大海之中，具有中国水墨画的神韵。

I

José Maria Sert

José Maria Sert est mort! José Maria Sert est mort! nouvelle déchirante! Je perds le plus cher et le plus précieux de mes amis, et l'art perd le dernier représentant de la grande Peinture.

Car la peinture est tout autre chose que le métier, comme on l'a dit, d'associer agréablement sur une toile des lignes et des couleurs, en réponse aux provocations que telle ou telle circonstance extérieure nous adresse. De ce métier, qui n'exige pas des aptitudes particulièrement relevées, les pratiquants sont actuellement innombrables. De là l'épouvantable ennui des expositions modernes. Dans ma jeunesse la peinture de genre et d'histoire existait encore. L'artiste par delà notre appareil optique faisait tout de même appel à notre intelligence, à notre instinct de composition, à notre sentiment poétique, à la psychologie. Il nous faisait l'honneur de solliciter notre collaboration. Il ne nous servait pas

克洛岱尔手迹

颂　歌

（节选）

还是这海！还是这回来寻找我的大海，我像是一只小船，大海汹涌着巨大的潮汐再次向我扑来，把我举起，摇我的船桨，我像是一艘变轻的战船；像一只系着绳子的小船，剧烈地舞动、拍打、变轻、猛冲、上仰、翻跟头，鼻子系在木桩上；像一匹被人牵着鼻子的纯种大马，在女骑士身下颠跳。女骑士从旁边跃上马背，猛地抓住缰绳，爆发出一阵大笑！

还是这回来寻找我的黑夜。

就像是此刻默默涨满潮的大海，把遍布静等的船只的人类港口与海洋连成一片，冲毁了大门和堤坝！

又是出发，还是这已建立的联系，还是这打开的门！

啊，我厌烦了我在众人当中扮演的角色！夜幕降临了！还是这打开的窗！

我像一个站在美丽的城堡窗前的少女，沐浴着明净的月光，心怦怦直跳，听着树下这幸福的呼啸和两匹焦躁不安的马在嘶鸣。她一点不为房子可惜，可她像只蜷成一团的小老虎，整颗心都被对生命的热爱和巨大的可笑力量抬起！

我身外是夜，我心中是夜的力量的喷发，是荣誉之酒，是这颗装得满满的心之痛苦！

如果酿葡萄酒的人平安地爬进酿酒桶，请相信我有力量践踏我话中的大葡萄，愿酒劲别涌上我的头脑！

啊，这个晚上属于我！啊，这个伟大的晚上属于我！夜的整个深渊对初次跳舞的少女来说，就像是华灯明亮的客厅！

她刚刚开始！在另一天里睡觉的时候将会到来！

啊，我醉了！啊，我投身于上帝！我在心中听到一个声音，听到加快的节拍和欢乐的活动，奥林匹克队伍的震动，神奇地缓和下来的步伐！

现在，这所有的都与我无关！我不是为他们而生的，而是为了这神圣的节拍之激情！

哦，被塞住的小号发出的声音！哦，敲打酒神节酒桶的沉闷响声！

这些声音都与我无关！只有这节奏！它们理不理解我有什么关系？它们听没听懂我又有什么关系？

现在，诗的巨翅展开了！

关于音乐你跟我谈些什么？只需让我穿上我的金鞋！

我不需要他需要的一切用品。我不要求你们蒙上眼睛。

我使用的词汇，是些平常的词汇，却又完全不是同一些词汇！

在我的诗句中你们决不会找到韵脚，也不会找到魔

二十世纪

力。这甚至就是你们自己的句子。你们没有一个句子我不会使用！

这些花是你们的，而你们却说不认得它们。

这双脚是你们的，可现在我迈动它们行走在海上，胜利地踏着海水！

缪 斯

（节选）

九位缪斯女神，中间是忒耳西科瑞①。

我认识你，迈那得斯②！我认识你，女预言者！我根本不奢望你的手送来酒樽或在你的指甲中痉挛的乳房，被风扬起的金叶中的古梅恩人③！

可这支粗大的笛子，在你的指头下布满吹孔，它足以表明你再也不必用刚运足的气来吹它，哦，圣女啊，站起来吧！

一点没有扭曲：从脖子直到她深藏不露的双脚，你裙子的美丽褶皱一点没遭破坏！

可我深知这扭向一边的头，这醉欢封闭的外表，这闪烁着管弦乐狂喜、正在倾听的脸是什么意思！

法
国
名
家
诗
选

① 忒耳西科瑞，缪斯之一，主管舞蹈。
② 迈那得斯，即巴克坎忒斯，酒神巴克斯的女祭司。
③ 古梅恩，康巴涅的城市，希腊旧殖民地，1932年发现的女预言者之穴就在古梅恩旁边。

唯一的一条胳膊是你根本无法容纳的东西！它又举了起来，抽搐着，

渴望着击打第一个节拍的狂热！

秘密的元音！刚刚诞生的活跃的语句！对满脑子辅音的人转调！

忒耳西科瑞，找到舞蹈的女人！没有舞蹈哪来的合唱？别的人谁能同时捕捉那八个怕牛的姐妹，以收获喷涌的圣歌，发明乱成一团的面孔？

颤抖的圣女啊，假如首先把你安插在他的精神当中，你又不失去他粗俗低级、在噼啪作响的火焰中用你的愤怒之翼燃烧一切的理智，圣洁的姐妹们会同意进入谁家的门？

九位缪斯，对我来说一个不多！

我在这块大理石上看见了整部《九日经》。在你的右边，是波吕许尼亚①，在你胳膊肘靠着的祭坛的左边！

高尚平等的圣女们，那一排动人的姐妹们我想说我看见她们是以怎样的脚步停下来的，她们是如何互相饰以花环的，如果不是每天早晨用向他伸出的指头去采花……

哦，温顺的缪斯们啊！温顺、温顺的姐妹们！还有你，醉欢的忒耳西科瑞！

你们怎么会想到捕捉这个疯女，用这只手或那只手抓住她，用圣歌把她捆起来，让她像一只在笼中鸣唱的鸟儿？

---

① 波吕许尼亚，缪斯之一，主管颂歌。

啊，我厌烦了我在众人当中扮演的角色！

哦，被耐心地刻在坚硬的坟墓上的缪斯们啊，那活生生的、活蹦乱跳的东西！你合唱的节拍被打断，这对我来说有什么关系？我从你那儿要回我的疯女，我的鸟儿！

这是一个绝没有被纯净的水和稀薄的空气醉倒的女人！

这种醉就像被红酒和一打玫瑰醉倒那样！如同被在脚底飞溅的葡萄和沾满蜂蜜的巨大花朵醉倒那样！

被鼓声逼疯的迈那得斯啊！听见短笛刺耳声音，巴克坎忒斯僵硬在雷神当中！

浑身滚烫！濒临死亡！无精打采！你把手伸给我，你张开嘴唇，你张开嘴唇，你用充满欲望的眼睛望着我。
"朋友！等得太久，太久了！把我拿走吧！我们在这里干什么？在我温顺的姐妹当中，你还要十分有规律地照看多长时间，就像一个师傅对待他的那组工人一样？我温顺活泼的姐妹们啊！而我，热情，疯狂，焦急，赤裸！你还在此干什么？吻我，来吧。微风啊，吹断所有的绳索！把你的女神从我这儿拿走！你一点没觉得我的手在你的手上吗？（其实，我感到他的手在我的手上。）

"你一点不明白我的烦恼，不知道我的欲望就是你本人吗？这个我们俩吞噬的水果，这团用我们两颗灵魂点燃的巨火！这延续得太长了！这延续得太长了！带走我吧，因为我再也没有用了，等得太久、太久了！"

十二月

　　你的手扫过这片地方和这多叶的山谷，达到了你眼光所及的绛红棕褐的田野，于是便抚着它们，在这幅富丽的锦缎上流连。一切都是宁静的，一切都被笼罩着；没有一点刺目的青翠，没有任何新的年轻的东西打破这整个结构，打破这曲调浑厚而深沉的歌。一片暗沉沉的乌云遮没了整个天，而天呢，又将水汽充塞于不规则的山坳，使人觉得它似乎是榫接在地平线上了。用手掌抚摸这宏伟的装饰吧——这是绺绺黑松在原野的紫花上织出的花纹；用你的手指核实这沉浸在纬纱里和冬日之雾里的每个细节吧；核实这每一行树，每一个村庄。时间真的静止了，好像一座空荡荡的剧院充满着忧伤，这闭了的幕的景色仿佛在凝神倾听一种微弱得我听不见的声音。

　　十二月的下午是温柔的啊！

　　这里还没有任何东西吐露出痛苦的未来。而过去呢，已丝毫不能苟延残喘，也不能容忍任何东西活得比它更长。在如此繁茂的青草和如此丰盛的收成之后，什么也没有剩下，只除了撒落的麦秸和枯萎的草丛；一片冷水羞辱着犁翻了的田地。一切已告结束。在一年和另一年之间，这是一个暂歇，一个悬念，从劳作中得到解放的思想在默默的欢悦之中凝神静思，思考着新的事业——像土地一样享受着自己的安息日。

溶

　　于是我又一次被载运回乡，在这冷漠的汪洋大海上。当我死去，就不会再教我痛苦；当我葬在我父母之间，就不会再教我痛苦。人们不会再嘲笑这颗讨了痴情的心。我神圣的遗体将溶入土中，但我的灵魂将如同一声钻心刺耳的号叫，安息在亚伯拉罕怀中。如今一切都溶去了，我用沉重的眼睛向四面徒劳地寻找习惯的国度与我脚下坚实的路，也徒劳地寻找那无情的面容。天只剩下了一片烟雾，空间只剩下了一片汪洋。你看，一切都溶去了，我在四面八方找不到一根线条，一种形象。没有海平线，只有最深的色调在远方的终结。一切物质都汇成唯一的水，恰似我所感到的流在我颊上的泪水汇成。它的声音像是发自梦中，当它从最聋的聋处吹向我们心底的希望。我再寻觅也是枉然，我在我之外再也找不到什么了——既找不到我逗留过的国度，也找不到我所恋慕的面容。

二十世纪

（1871~1945）

瓦雷里

　　保尔·瓦雷里（*Paul Valéry*）生于法国南部地中海沿岸城市赛特，父亲是海关官员，原籍科西嘉，母亲出身于意大利贵族世家。瓦雷里从小就熟读波德莱尔和兰波的诗作，在读法学院期间灵感暴发，诗才尽露，写了大量带有象征色彩的诗歌，并得到了象征派大师马拉美的指点。

　　大学毕业后，一场精神危机使他一夜之间与诗歌决裂，从此专心研究数学、哲学、历史学等，写了许多充满幻想色彩的散文和有关艺术、历史和语言学的论文。1913年，在好友纪德的催促下，瓦雷里把青年时期的诗稿结集出版，取名为《旧诗集》，并想写一短诗向缪斯告别，谁知这首诗越写越长，越写越有灵感，最后竟写成了一首500多行的长诗，诗名叫《年轻的命运女神》。这首诗明显地带有马拉美的影响，精雕细刻，跳跃性强，充满了象征、暗示和梦幻，晦涩难懂。此诗使瓦雷里一举成名，并标志着后期象征主义的振兴。

1922年，瓦雷里重返诗坛后出版了《诗集》。这部诗是诗人沉思诗艺的产物。《风灵》以神话中的空气精灵来比喻诗人飘忽不定的灵感，揭示了灵感在诗歌创作中的神奇作用。《石榴》以石榴象征智能，认为人可以通过磨练和开发智能而得到灵光。

《诗集》中最著名的一首诗叫《海滨墓园》，这首诗集抒情、写景和哲理沉思为一体，意象神奇，象征性强，极具魅力。诗人结合其少年时期的经历和地中海沿岸的墓园的风光，通过对自然的不朽和人生的短暂的对比，呼吁人们把握现在而不要空待未来。《海滨墓园》是瓦雷里诗歌创作的顶点，也是终点。这首诗给他带来了殊荣，他先后被选为法兰西笔会主席、法兰西学院院士，并被聘为法兰西学院教授，他是第一个获得这项荣誉的诗人。1938年，他又被授予国家四级荣誉勋章，从此他终日陷入繁忙的社会活动之中，穷于应酬，灵感萎缩，晚年只写了一些评论及哲学、经济、政治和神学方面的文章，后结集《杂文集》五卷出版。

瓦雷里是后期象征派的代表诗人，他继承了前期象征派重暗示、轻描写，朦胧晦涩、注重乐感的特点，摆脱了马拉美等人的艺术宗教，致力于探索人类的心智活动，探索思想在下意识和意识之间的萌发过程。他的诗综合了感情的印象和抽象的思考，沟通了意识层和非理性层次，在某种程度上恢复了法国诗的理性传统，从而具有"理性神秘主义者"之称。

瓦雷里手迹

睡 女

我年轻的爱侣呀，心中烧着什么秘密——
通过甜蜜的面庞，一个灵魂吸着花香？
她天然的温热，靠着什么虚幻的食粮
创造出一个睡女的这种辐射之力？

呼吸，入梦，静寂，无法抵挡的睡意，
你胜利了，和平比一滴泪的威力更强，
这时，睡梦的满潮、沉重宽广的巨浪
正在这样美的敌人酥胸上密谋不已。

睡女呀，金色的一堆柔影、全然的放松，
你令人生畏的安眠负载的礼物这么重，
啊，长期憔悴的牝鹿依在一串葡萄边，

尽管灵魂不在此处，而在地狱流连，
流线的臂却遮着贞洁的腹，你的体形
警醒；你的体形警醒，而我睁着双眼。

脚　步

你的脚步圣洁，缓慢，
是我的寂静孕育而成；
一步步走向我寂静的床边，
脉脉含情，又冷凝如冰。

纯真的人哪，神圣的影，
你的脚步多么轻柔而拘束！

我能猜想的一切天福
向我走来时，都用这双赤足！

这样，你的芳唇步步移向
我这一腔思绪里的房客，
准备了一个吻作为食粮
以便平息他的饥渴。

不，不必加快这爱的行动——
这生的甜蜜和死的幸福，
因为我只生活在等待之中，
我的心啊，就是你的脚步。

（1872~1960）

福　尔

　　保尔·福尔（*Paul Fort*）生于法国兰斯，
16岁时随父母移居巴黎。他常与好友波埃
尔·路易斯出入象征派的总部伏尔泰咖啡
馆，与象征派诗人关系密切。1890年他创办
了"艺术剧院"和《艺术之书》杂志，为象
征派服务。1891年福尔结婚，魏尔伦和马拉
美为他证婚。1896年，他发现了"叙事曲"
（Ballade），从此便专门以这种形式作诗。
在这之前，福尔已发表过5部带有象征派特
色的作品。1905年，他创办了《诗与散文》
杂志，1912年被选为"诗歌王子"，并应邀
去莫斯科和南美讲学。1958年他退居外省，
两年后去世。

　　福尔的成名并非因为他是象征派的挚
友，也不是因为他身边聚集着一大批名作

家、名诗人。他的功绩主要在于恢复和更新了16世纪的"叙事曲"并以大量的创作实践完善了这种古老的诗歌体裁。"叙事曲"原是音乐当中用来伴舞的一种歌，具有很强的音乐性和节奏感。到了维庸手里，"叙事曲"，的形式、结构和韵律都具有一些比较固定和严格的规定。福尔对维庸的叙事曲进行了革新，打破了原先的清规戒律，大胆地用散文体来处理这种诗歌形式。但福尔的叙事曲在任何意义上都不是象征派的"自由诗"，他的叙事曲表面上像是散文，其实是不分行的韵文，其节奏、韵律和音响都带有亚历山大体的特点。

福尔写了大量的叙事曲，1896至1960年的65年间，他共出版了17部叙事诗集。福尔懂得如何用单一的形式去表现丰富的内容，他的叙事曲时而深沉，时而诙谐，既富有哲理，又不乏热情，构思巧妙，形象生动，并带有象征色彩。

福尔《法兰西歌谣集》法文版封面与插图

Lieou

— Avec mon admiration, à Berthe Bovy.

Les marchands incertains n'osaient plus débarquer.
Le ciel était couvert, l'eau salée en furie fouettait
sur le bateau les nez entrechoqués. Seul un
impatient nageait vers sa patrie

où l'attendait, haussant la croisée de bambou,
si loin, front dans les fleurs, sa divine Lieou.
Mais il coula. Ce fut alors que sous les roses,
Lieou pressa son cœur entre ses ongles roses

et mourut. Leurs deux âmes longtemps se
cherchèrent — l'une s'était perdue en suivant
des cyprins, l'autre un parfum de rose — et
ne se retrouvèrent que six mille ans après au
fond de mon jardin,

rossignols du vieux lierre et berçant mes
chagrins.

Paul Fort.

福尔手迹

绕着地球跳圆舞

假如全世界的女孩都愿手拉手
她们可以绕着大海跳圆舞

假如全世界的男孩都愿当海员
他们的船可以在海上建座桥

所以，假如全世界人民都手拉手
他们可以绕着地球跳圆舞

二十世纪

355

幸 福

  幸福在草地上，快追，快追；幸福在草地上，快追。它逃跑了。

  如果你想抓住它，快追，快追；如果你想抓住它，快追。它要逃跑。

  它在野芹和百里香里，快追，快追；它在野芹和百里香里，快追。它要逃跑。

  它在山羊角上，快追，快追；它在山羊角上，快追。它要逃跑。

  它在潺潺流动的泉水上，快追，快追；它在潺潺流动的泉水上，快追。它要逃跑。

  它从苹果树跑到樱桃树，快追，快追；它从苹果树跑到樱桃树，快追。它要逃跑。

  它从篱笆上跳了过去，快追，快追；它从篱笆上跳了过去，快追。可它还是逃走了。

晓　歌

　　——我的痛苦在哪里？我再也没有痛苦。我的恋人在哪里？我不去管它。

　　在温柔的海滨，在宁静的时刻，在清白无邪的黎明，哦，遥远的大海！

　　——我的痛苦在哪里？我再也没有痛苦。我的恋人在哪里？我不去管它。

　　海风啊，你的飘带之浪，我洁白的手指间你的飘带之浪！

　　——我的恋人在哪里？我再也没有痛苦。我的痛苦在哪里？我不去管它。

　　在珠色的天空，我的眼睛跟随着它，闪耀着露珠的灰色海鸥。

　　——我再也没有痛苦。我的恋人在哪里？我的痛苦在哪里？我不再有恋人。

　　在清白无邪的黎明，哦，遥远的大海！这不过是太阳边上的低语。

　　——我的痛苦在哪里？我再也没有痛苦。这不过是太阳边上的低语。

（1876~1933）

诺阿依

安娜·德·诺阿依（*Anne de Noailles*）生于巴黎，父亲是罗马亲王，母亲是希腊的一位大钢琴家。她气度不凡，艳丽惊人，诗人科克多曾专门写了一本书赞扬她的美貌。诺阿依曾组织过一个文学沙龙，吸引了当时的许多大作家和名诗人，如普鲁斯特、雅姆等。1901年，她的处女作《无数的心》出版，使她一举成名，此后她便专心从事诗歌创作。她的主要作品有《日影》、《炫目集》、《生者与死者》、《永恒的力量》、《痛苦的荣耀》等。

诺阿依的诗深受浪漫主义的影响，形式古典，感情热烈，真挚动人。她热情地歌颂爱情的甜蜜和幸福，用"花香"、"阳光"、"果实"、"夏天"来揭示大自然的美妙。她

认为自然也有灵性，而人类能受到大自然的神启，与之达成契
合，所以她满腔热情地去拥抱这个世界，去感受大自然的脉动。
诺阿依对东方哲学也很感兴趣，东方的影子常作为一个可感知的
天堂出现在她的诗中，给她的诗蒙上了一层神秘的色彩。

　　诺阿依的诗虽然热烈和浪漫，但掩不住她内心的忧郁与痛
苦。事实上，从她的第一本诗集《无数的心》开始，这种神秘的
失望和淡淡的忧愁就没有离开过她。她之所以热情地生活，是为
了同遗忘和死亡作斗争，而诗"是微笑而充满光亮的影子"，能
帮助她超越死亡，鼓起生活的勇气。

　　诺阿依是第一个获得法国三级勋章的女性，也是比利时皇家
学院的第一位女院士。遗憾的是，她虽然屡获提名，却一直未能
进入法兰西学院。

二十世纪

诺阿依手迹

深邃的生活

犹如一棵人类之树，长在旷野，
像茂密的树叶伸张着自己的欲望，
在暴风雨中，在平静的黑夜，
能感受到宇宙的活力涌向双手。

活着，脸上沐浴着灿烂的阳光，
喝着苦涩的海水咸咸的泪，
快乐和痛苦都当趁热品尝，
正是它们创造了人类的生活。

在充满活力的心中，感到血与火，
以及空气都在旋转，如风起大地，
高高地升向天空，求真探秘，
像白天般上升，黑影似降落。

就像樱桃色的夜晚一片绛红，
让鲜红的心流淌着冰与火，
像清亮的黎明依偎着山坡，
灵魂坐在世界的边缘做梦⋯⋯

今晚，天久久不黑

今晚，白日不去，天久久不黑，
繁忙的日间，嘈杂声渐趋平静，
树木见黑夜迟迟不来甚为震惊，
它一宿没睡，怎么也想不明白……

空气金光闪闪，不堪重负，
栗树散发着芬芳香气四溢；
这甜蜜的空气让人不敢踩不敢搅，
生怕打扰各种气味的美梦。

城里远远传来隆隆的声响……
树木在无力地摇晃，微风起
灰尘离开它所覆盖的树枝
轻轻地落在安静的小路上。

这条平常小路我天天走过，
早就对它熟视无睹，然而
生活中发生了某些变动，
今晚，我们再也读不懂……

印　痕

我用力地紧紧依靠着生活，
挨得那么近，抓得那么牢，
白日的温柔尚未把我迷倒
生活就在我的拥抱下如火。

广阔的海洋龙腾虎跃，
在它弯弯曲曲的水路
流淌着我们咸咸的痛苦，
船一般航行在流动的岁月。

我将炎热的目光留给山沟，
因为满山遍野都鲜花盛开，
看到知了坐在荆棘的枝头
我的欲望忍不住尖叫起来。

春天的田野，一片新绿，
沟壑旁边草地又密又深，
感到我的手按压着它们，
影子像翅膀拍动着飞去。

大自然曾是我的快乐我的领地，
它将在空气中呼吸我持久的体味，
我的心只有一种形式，
我让它接受人类的失落与伤悲。

不安的欲望

现在仍是夏天，炎热，明亮，
植物平静如常，重又生长复苏，
热闹的晨温暖的夜，白日漫长，
让人们的心中快乐而又痛苦。

这是梦想时分，不妨稍稍疯狂，
心，刚被白日的味道陶醉
又感到丝丝烦恼，它总希望
生活之花能突然美丽地盛开。

心往上升，在慵懒的花香中玩耍，
"心啊，在这温暖的日子你还等啥？
难道是童年惊醒，四处张望，
大笑着张开双臂冲向前方？"

难道是梦天真地一蹦
过于激动而伤了自身？
难道是过去的时光温暖的时节
让心灵轻松感到了生命的活力？

心啊，你再也没有别的财富，
除了渴望爱情和爱情的游戏，
可你也知道上帝给你带来什么痛苦，
刚刚经受的搏斗让他十分生气。

诗人照片

（1874~1944）

雅各布

马克斯·雅各布（*Max Jacob*）是个多才
多艺的文人，他既能写诗作画，又弹得一手
好钢琴，同时还是个出色的小说家、剧作家
和评论家。

雅各布生于布列塔尼的一个犹太人家
庭。布列塔尼富于神话传统，天主教势力极
强，这些都给他日后的作品带来了很大的影
响。雅各布当过诉讼代理人、商店职员、钢
琴教师、画家和艺术评论家等，生活经验极
为丰富。1901年他在巴黎结识了毕加索、阿
波里奈尔和萨尔蒙，并在萨尔蒙的引导下加
入了蒙马特尔浪漫文人的行列。但他一方面
过着放荡的生活，另一方面又竭力向宗教靠
拢，思想和行为表现出复杂和矛盾的特征。

雅各布于1905年正式开始文学创作，

法国名家诗选

1911年出版诗集《海岸》。这部诗集格调清新，笔调幽默，语言通俗，富有神话色彩。1917年，他的代表作《掷骰子的皮杯》问世。这部散文诗集颇有些奈瓦尔的影子，诗人致力于捕捉内心深处潜意识的活动，把即兴产生的诗句、偶然冒出的念头和种种梦幻和感觉糅在一起，使诗显得神奇、怪异而又不乏幽默。这部作品打破了旧的艺术形式和思维方式，深受超现实主义的推崇。此外，《中心实验室》也是雅各布的一部重要诗集，它融讽刺、夸张、粗俗、抒情和宗教情感为一体，自始至终贯彻着独创性和幽默感。

写完《中心实验室》后，雅各布即隐居在卢瓦河畔的一座教堂边，借助宗教的灵光进行小说创作，其间曾去意大利、西班牙和英国作短期旅行。1928年他重返巴黎，此时已蜚声文坛，但他认为这种名声只能腐蚀灵魂，于是又去外地隐居，卖画为生。此后，他专心致志地写作和绘画，同时也没忘记祈祷。1931年出版了诗集《海滨》，1938年又出版了《歌谣集》。

第二次世界大战中，犹太人惨遭迫害，雅各布的恐惧感和神秘感也与日俱增。兄弟的死、妹妹被逮捕和流放预示了他悲哀的结局，1944年2月的一天，当他做完弥撒从教堂出来时被盖世太保逮捕，一个月后死于集中营。

诗人死后，《给一个青年诗人的诤言》、《最后的歌》、《掷骰子的皮杯二集》等在朋友的帮助下陆续出版。他后期的诗趋于通俗化、口语化，这对普雷韦尔和格诺不无影响。

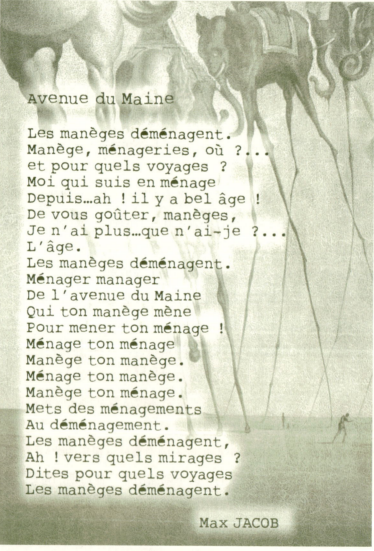

Avenue du Maine

Les manèges déménagent.
Manège, ménageries, où ?...
et pour quels voyages ?
Moi qui suis en ménage
Depuis…ah ! il y a bel âge !
De vous goûter, manèges,
Je n'ai plus…que n'ai-je ?...
L'âge.
Les manèges déménagent.
Ménager manager
De l'avenue du Maine
Qui ton manège mène
Pour mener ton ménage !
Ménage ton ménage
Manège ton manège.
Ménage ton manège.
Manège ton ménage.
Mets des ménagements
Au déménagement.
Les manèges déménagent,
Ah ! vers quels mirages ?
Dites pour quels voyages
Les manèges déménagent.

Max JACOB

雅各布的诗《曼恩大道》

神秘之屋

（节选）

爱情啊，无边的海。紧闭的百叶窗就这样衰老，
那对奇特的夫妇也如此：陌生的妇人
半疯半癫；那男的头发灰白，变得粗暴。
静与死。静与生。

可假如有人敲门，别出声。
这儿有些毛毡拖鞋。没有饶舌的女佣人。
爱情啊，无边的海，你可要夺走我的一切？
雄心，荣誉，为我不知如何离开的这个世界服务。
藏在幕后吧！永远不要撩起帷幕！
假如有人敲门，别出声。

爱情啊，无边的海！静与死！静与生！到
我身边，爱人，什么也不能把她与我分开。神
甫证婚的教堂，不会成为我们枝条的根。到我
身边来吧，我的爱人；我的爱不会有尽头。假
如有人敲门，别出声。

爱情啊，无边的海，爱神痛苦不堪，会把你变
成我的阶下囚。假如有人敲门，别出声。

被一个官员爱上的女歌手，不，法律不能让我们结合
也无法将你抛弃，我的跑马场。做一个被囚的女神！
愿你永远不会在大街上出现。假如有人敲门，别出声。
世人联合起来与爱情作对，那官员将破坏
你我的爱情。假如他在追逐，如何活下去？……

爱情啊，无边的海。
就这样衰老，紧闭的百叶窗，
就这样衰老，那对奇怪的夫妇：陌生的妇人
半疯半癫；那男的在外面
头发灰白，变得粗暴。
静与生，静与死！

一个黑夜，坐车远走
奔向医院去那儿死亡。
那个陌生女人半疯半癫，
一个黑夜这妇人坐车远走。那个男的
——啊！假如有人敲门，别出声——
决不会说起他的痛苦。

仿　作

你可曾遇到蓝色的铃兰上
爱我却并不想嫁我的姑娘?

你可曾遇到红毛的野兔
它在我的食堂里吃草?

你可曾遇到布满眼眵的老翁
他摇着头但并非一无所知?

你可曾遇到生活美满的少女
她一味推迟别离的日子?

你可曾遇到变本加厉的妓女
她曾想过多地拥有?

你可曾遇到万恶的坏人
他在甩废铁和鞭炮?

你可曾遇到民间的强人

探寻知识的学者?

你可曾吃过,总之,

吃过我的黑母鸡,下的蛋?

埃及的象征

一只棕色的鸟

长着猛禽的嘴

涉过白沙细细的河

把它抓在胸腹之间

水从一边过来

水流向另一边

鸟将这样那样

穿过山坡的时候

嘴中已漆黑一团。

敲门，门会开

一

自从我看见井底的金色大厅后，我一心想再见见它。啊，那是什么路啊！这是一堵墙，漫长无边，这井，就是一堵地下长墙；它布满钉子和铁钩；钉子和铁钩有时用来当阶梯！人们忽而被荨麻烫了手，忽而在滚烫的荆棘上挨了刺。为了走到井底，我花了一整天时间，第二天早晨，我发现自己仍在地面：还得再走一遍！可我没有犹豫：井底的金色大厅是那么漂亮。

二

假如人们后退……假如人们还在后退，并且每退十公里都说："这不算数！"那么人们最终会遇到上帝。这样淡漠地走了一段时间后，人们可以停下来不动，上帝不会再抛弃这恳求者的。啊！假如人们后退，假如人们淡漠地几公里几公里地后退，人们最终会遇到**他的住处**和**他**创造天地的地点。

(1880~1918)

阿波里奈尔

　　吉尧姆·阿波里奈尔（*Guillaume Apollinaire*）是法国先锋派诗歌的开创者，现代诗的探险家，二十世纪法国的第一个大诗人。其实他并没有法国血统，父亲是意大利军官，母亲是波兰流亡贵族。阿波里奈尔做过家庭教师、编辑等工作，后与毕加索等青年画家结交，开展新美术运动。

　　阿波里奈尔中学时期开始接触象征派诗歌，并开始写作，1911年出了一本薄薄的短诗集《动物诗集或俄耳甫斯的仪仗队》，歌颂各种动物及神话人物，借物抒情。1913年结集出版的《酒精集》汇集了阿波里奈尔青年时代的诗作，反映了他诗歌探索的过程。此书风格强烈如酒精，又含有潜意识成分，既反映出兰波的影响，也吸收了通俗文学、

法国名家诗选

街头口语和歌曲的因素。《米拉波桥》就选自《酒精集》，这首诗是一次爱情破裂的产物。1907年，他认识了学绘画的姑娘玛丽·罗朗森，并狂热地爱上了这位美丽、天真、活泼的"小太阳"，但屡经周折，最后又归于失败。《米拉波桥》作于阿波里奈尔刚从象征主义转向立体主义之时，诗的表现形式还不是太标新立异，保持着典型的抒情诗的韵味。但从诗的流动感中，已预示了未来主义诗歌追求动态美的趋向。

正在这一年，阿波里奈尔发表了未来主义宣言《未来主义的反传统》，提出诗歌革新与现代化的纲领。他认为真正的艺术不在于和过去结合，而在于大胆追求未来。他礼赞代表现代文明的"神圣的工厂"，"直冲向天的烟囱叫彩云怀孕"。与科学不断创造出机器和飞机一样，诗也应当不断地创造出新鲜东西。他认为诗歌新潮的根源在于"新奇"。

第一次世界大战爆发时，阿波里奈尔虽没有法国国籍，却抱着满腔热忱申请入伍参战，到了战场上才发现这场战争完全是一场"自掘坟墓"。1916年，阿波里奈尔少尉头部负重伤，做了开颅手术。伤愈后，先后出版了图像诗集《美文集》和超现实主义剧本《蒂雷西亚的乳房》。《美文集》（原文Calligrammes）是作者自创之词，暗示中国书法（calligraphie），因为阿波里奈尔认为他的图像诗与中国书法艺术都有把文字与图像合二为一的特征。

1918年屡经爱情挫折的阿波里奈尔终于和曾经看护过他的漂亮的红发姑娘雅克林·科尔布，结婚，证婚人就是画家毕加索。阿波里奈尔当时健康状况已经很差，婚后不久就逝世了。《漂亮的红发姑娘》是阿波里奈尔的最后一首诗，题献给红发姑娘，对她的热烈赞颂，但整体上看，这首诗是诗人的一篇辩护词或诗体宣言，性质与马雅可夫斯基的遗作《喊出最强音》相似。

《心》是《美文集》中的名篇，仅由七个词的一句诗组成，简练之极。但由于这句诗的排列别出心裁，构成一颗心的图像，给读者留下了无穷的回味。诗人的灵感在于：心的形状宛如一朵火焰的形状；满怀激情的心也像火焰一般燃烧；然而火焰尖端朝上而心的尖端朝下，形状又恰好颠倒；这样看来，心中的火焰势必是烧反了方向。这些感受，是诗句和图像相互作用的结果，也是诗歌语言"陌生化"效应的绝妙图解。如果没有心形的直观图像，显然产生不了如此陌生化而又如此传神的效果。

《镜子》一诗也是如此。作者把自己的姓名"吉尧姆·阿波里奈尔"镶在由诗句围成的菱形镜面图像中，迫使读者绕着圈读完像"回文"般、符咒般的带神秘意味的诗句，产生出似实似虚、亦实亦虚的印象，诱发出"是存在，还是幻影"的遐想。

阿波里奈尔是名副其实的先锋派，他总是在不断地创新：从象征主义到本位主义，从立体主义到未来主义，从未来主义到超现实主义……在短短的年头里为20世纪诗歌探明了主要的新方向，开辟了许多新领域。但阿波里奈尔解释道："我并不想打倒一切传统，要知道创新并不是传统之敌，我只是试图为新流派求生存，我只想为我们也为你们扩大文艺领地。看啊，科学家正在每年每月每日地走进新领域中去，那么诗人为什么就不允许这样做？"

阿波里奈尔开拓了超现实主义的诗风，他的诗有不少是根据直觉进行来创作的。他取消了标点符号，认为这样诗行可以更开阔、宽广和自如。这种创新获得了当时诗坛的普遍承认，但他同时也注意继承法国传统的诗歌艺术，善于把传统诗歌和现代趣味和谐地结合在一起。从他的诗中既可看到象征主义的痕迹，又可看到法国民歌的影响，这是他与后来的超现实主义者不同的地方。

米拉波桥

塞纳河在米拉波桥下流逝

还有我们的爱

何苦老是把它追忆

随着痛苦而来的总是欢喜

夜色降临钟声悠悠

白昼离去而我逗留

我们久久地面相对手相握

在这段时辰里

被人看倦了的水波

在我们手臂搭的桥下流过

夜色降临钟声悠悠

白昼离去而我逗留

爱情从此流去如河水滚滚

爱情从此流去

生活啊，是那么迟钝
而希望是那么狂野不驯

夜色降临钟声悠悠
白昼离去而我逗留

流走了一天天流走一岁岁
流走的岁月呵
和爱情都一去不回
米拉波桥下奔流着塞纳河水

夜色降临钟声悠悠
白昼离去而我逗留

心

```
火            的
    焰    我
的              心
    倒      啊
  颠    宛
    朵  如
      一
```

镜　子

我
被
影　活
倒　　生
像　　　生
就　　　地
得　　　　封
实　　　　在
真　　　　这
啊　吉尧姆　面
不　阿波里奈尔　镜
使　　　　子
天　　　　里
的　　　　真
象　　　实
想　　得
们　就
人　像
像

漂亮的红发姑娘

瞧我面对众人是个富于感觉的人

懂得生也懂得死懂到一个活人能懂的限度

体验过爱的欢乐和痛苦

学会了时而用自己的思想俘虏他人

懂得几种语言

作过不少旅行

在炮兵里在步兵里见过战争

头部负伤在氯仿麻醉下做过穿颅手术

在恐怖的战斗中失去了最好的朋友

我知古也知新达到一个人所能兼知的限度

今天已不再因战争而心烦

在我们之间为了我们我的朋友们啊

我来裁判长期以来的传统与创新之争

规矩与探险之争

你们的口是按上帝的口型造的

你们的口就是规矩本身

请宽大为怀吧当你们把我们

到处寻求探险的我们

去和循规蹈矩的典范人物相比

我们并非你们之敌

我们要给你们开辟辽阔的陌生领域

那儿开遍神秘之花任人采撷

那儿有新的火有从未见过的色彩

有千万虚无缥缈的幻影

等待我们赋予实在

我们要勘察善那是个广阔无声的国度

也要勘察时间它既能被逐也能唤回

可怜我们吧我们永远战斗在前沿

在无限和未来的前沿

可怜我们的过失可怜我们的罪

瞧夏天回来了这狂暴的季节

而我的青春死了和春天一同死了

太阳啊这是燃烧的理性时节

我期待

追随她永远追随那崇高柔美的形式

为了我专诚相爱她采取了这形式

她来了吸引我如同磁石吸铁一样

她那迷人的模样啊

表现为可爱的红发姑娘

谁不说她秀发犹如金铸

奇美的闪电在人间留驻

在半凋的茶香玫瑰里

朵朵火焰跳着孔雀之舞

但笑我吧笑我

八方的人士特别是此方人士

因为有那么多事我不敢对你们吐露

因为有那么多事你们不会让我说出

可怜我

阿波里奈尔的图像诗

（*1882~1934*）

波　兹

卡特琳娜·波兹（*Catherine Pozzi*），被誉为是当代的路易丝·拉贝。她不但是拉贝的同乡，而且也是个出色的女才子女诗人。

波兹虽然家境一般，但从小就受到良好的教育。她母亲曾替当时的一位文化名人当厨娘，这使她得以接触到文化界和知识界的一些名流，如勒孔特·德·李勒、埃雷迪亚等。

波兹有知识有教养，且性格开朗，爱好体育，所以在文学圈内深受欢迎。瓦雷里、里尔克、茹弗都是她的好友。她兴趣广泛，不但爱好文学，对历史、宗教、哲学也颇有研究，曾写过一篇题为《灵魂之皮》的论文，探讨她并不能完全接受的天主教义。她十分关注当时的新发现、新发明，对西方的神秘术和东方的智慧书也很感兴趣，所以，她的诗不但具有女性特有的细腻和温柔，而且视野开阔，意境深远，具有相当的文化深度和很高的知识价值。她把现代语言和古典形式结合起来，诗写得简朴而高贵，具有一种大家风范。她的名篇《Ave》发表后，评论界称她"虽在人间，却似超越了时间和腐朽的生命"。在《Nyx》一诗中，她则模仿她所崇拜的瓦雷里的诗法，采用《海滨墓园》的节奏和音律，应和她挚爱的同乡路易丝·拉贝，写得十分优美、迷人。波兹的诗有时也很低沉，透出一股凄楚之情，恰似那苦修的拉贝。但诗人的内心是宁静、淡泊的，具有一种崇高感。

波兹除了写诗外，也写些散文和小说。她懂多门语言，从事过诗歌翻译。由于身体欠佳，她长期过着隐居的生活，这在很大程度上影响了她在诗坛上的名望。

Ave[①]

最挚热的爱啊，假如我死去
却不知道在哪儿拥有过你，
不知道你的住在哪个星球，
生活在哪个往昔，又在何时
　　我曾挚爱着你。

最挚热的爱啊，你超出了我的记忆，
我用没有炉的火，来照亮我的日子，
你给我的故事描绘了怎样的命运，
你在怎样的睡眠中显现你的荣誉，
　　哦，我的日子啊……

当我为了自己而消失而毁灭
而粉身碎骨，坠入无尽的深渊，
当我被肢解被分身，无休无止，
当我现在所生活的这段时间
　　把我背叛。

①拉丁语，意为"拯救"。

当我被宇宙撕成无数个碎块，
当零星的时刻尚未聚拢起来，
当我从灰烬中飘上天空直至太虚，
你将重新制造独一无二的瑰宝，
　　为一个奇异的年代。

你将重新制造我的名字和模样，
用那被岁月带走的无数残肢，
活的生灵，没有脸也没有名，
心中充满智慧，奇迹的中心，
　　最真挚的爱。

Vale[①]

你曾给我的巨大的爱情
岁月之风吹断了它的光线——
那儿有火焰，那儿有天命
我们站在那儿，手抓得紧紧
肩并着肩。

我们的太阳，其热量就是思想

---

①拉丁语，意为"请珍重"。

这天体对我们来说独一无二
是破碎的灵魂的第二个天空
双重的流放，再次相逢，
那地方好像充满恐惧和灰烬
你望着它，却认不出它来，
这迷人的星辰，无法接近，
哪怕在最后一刻，我们唯一一次
　　想拥它入怀。

可你苦苦等待的未来
比消失的财富还要虚幻。
它最终送给你的葡萄酒
你喝了它，只能被这美酒
　　醉倒……

Nova[1]

我未来将生活的那个世界
它并不在我们今日的天上。
在愿望不知所措的崭新空间，
在与这个世界完全不同的时刻，

你将体验我的幸福，我的余生，我的辉煌，

我用我目前的鲜血制造的最特别的心，

我的呼吸，我的触觉，我的目光，我的愿望，

我永远消失的最世俗的物质。

避开未来，那是人为追求的想象！

亲爱的人生啊，我正离你而死，

请别散架，你在消失、你在松垮

暴露了我尚未选择的欲望。

狂热的灵魂，请别结束我的日子——

放开我未曾结束的命运。

Nyx ①

——献给里昂的也是意大利的路易丝②

哦，你呀，我的夜晚，预料中的黑暗

哦，固执的秘密，自豪的地方

哦，长久的一瞥，迅如闪电的云彩

哦，能够越过乌云的飞翔。

---

① 希腊语，意为"夜"。
② 指16世纪女诗人路易丝·拉贝。

哦，巨大的渴望，极大的惊奇

哦，心里高兴，一路愉快

哦，最大的痛苦，天降的仁慈

哦，门开着，却无人进来

为什么尚未进入坟墓

就要被淹死，我不明白。

我不知道我是谁的猎物

我不知道我是谁之所爱。

玛雅人①

我走下世纪和沙子的阶梯，
失望时它们就回到你身旁，
我进入你的神话，金庙之地，
可爱的大西洋。

让我不复存在的身躯，热情消逝，
灵魂是个亲切的名字，可遭命运讨厌——
愿时光停止，愿热情熄灭，
我沿着原路走回童年的深涧。

鸟儿在风中飞向西面的海洋，
应该飞翔，幸福，在旧日的夏天
一切都沉睡在海边。

早就摇动的树，岩石，歌，国王，
星星久久地照着我最初的脸，
四周一片宁静的奇异太阳。

---

① 中美洲印第安人的一族。

Supervielle

苏佩维埃尔

　　朱尔·苏佩维埃尔（*Jules Supervielle*）既是诗人，又是小说家和剧作家，其作品在二战前很有影响。在20世纪令人眼花缭乱的文学潮流中，他没有参加任何运动，也不隶属于任何流派，而是坚决地走自己的路，把创作根植于生活的沃土中，成为当代为数不多的几个易被大众理解和接受的大诗人之一。

　　苏佩维埃尔生于乌拉圭首都蒙得维的亚，8岁就成了孤儿，父母在一次意外中双双中毒身亡。他在巴黎上中学时开始写诗，16岁发表第一部诗集《昔日的雾》，流露出思念双亲的哀伤之情。10年后，他又出版了《如同帆船》，诗中出现了南美潘帕斯平原的那种广阔和荒凉。诗人的童年就是在那个牧羊人出没的平原上度过的，童年的回忆给他的作品蒙上了一层灰冷的色调。

苏佩维埃尔诗歌创作的真正开端可以说是从《凄凉的幽默诗》开始的。这部诗集鲜明地体现了诗人的创作风格，标志着他的诗进入了一个新的阶段。诗一出版，纪德和瓦雷里就来信祝贺。《站台》和《万有引力》是苏佩维埃尔最重要的两部诗，诗人用传统的手法重述宇宙起源的神话，在死亡和虚无中满怀希望地寻找生命，诗写得优雅动人。

苏佩维埃尔还是一位拉封丹式的寓言诗人，他对动物尤其是潘帕斯平原上的动物具有一种特别的亲近感，著有诗集《陌生的朋友们》。在他的笔下，狗好像随时准备摆脱狗身变成人，羊群在夜晚无声地越过边界，奔向遥远的地方。他的动物诗蕴含着一种神秘的暗示，体现了诗人的自然神论倾向。同时，苏佩维埃尔也是一位带着宗教意识、相信形而上学的诗人，他在《世界的寓言》、《致黑夜》和《阶梯》中致力于探索隐藏在表象背后的真实世界，表达了诗人面对茫茫宇宙和漫漫人生所产生的玄思。苏佩维埃尔在诗中融希腊、南美的传说和宗教、科学为一体，力图展现整个人类的共同处境。

苏佩维埃尔喜爱洛特莱阿芒，诗中却没有那种怪谲；他崇拜兰波，却不想学习"文字炼金术"。他渴望与世界交流，所以不轻易自我封闭。他拒绝晦涩，不愿为少数人服务，认为诗是感情的自然流露和反映，而不是灵感的投影。他力图把诗写得明白易懂，"哪怕是无法表达的东西也要让它清晰地呈现在人们面前"。为此，他扫除诗中的迷雾，又不扑灭诗中的火焰，热情仍是诗所必需。同时，他并未停留在事物的表面，而是把外在之物变成内心的东西，进入自己的精神世界，用现实的蓝图对照梦幻，解析内心。

　　苏佩维埃尔的诗非常简洁，语言精练含蓄，隐喻、夸张、变形等手法运用得自然娴熟。晚年的苏佩维埃尔声望很高，曾获"法兰西批评大奖"、"法兰西学院文学大奖"、"诗歌国际奖"等，并被选为诗歌王子。

苏佩维埃尔的作品（打印稿）

相　遇

我一路前行，碾压着影子。
它们的呻吟太轻
我根本就听不清，
还没到我耳边就已消失。

我遇到几个不慌不忙的男人，
他们熟悉大海却往山里走；
他们好奇地掂量我的灵魂，
然后还给我，一言不发地离去。

四匹马戴着眼罩，胸前亮闪闪，
并排从街口飞奔而来，
它们在周游世界，
心里却想着别的事情。

它们扬起马蹄，苍蝇也避之不及。
车夫挠挠耳朵，一副得意的样子。

古老的森林中

古老的森林中
一棵大树被砍，
一道垂直的虚空
绕着倒下的树干
像树一样在抖动。

寻找吧寻找吧，小鸟，
看看你们的窝在哪儿。
记得是在那高高的地方
只要还有鸟儿在叫唤。

焰　尖

他一辈子
都喜欢读书
并常常
拿来蜡烛
用手去摸烛光
以确信
自己还活着
确实还活着。

他死了之后
身边放了一支
点着的蜡烛，
却藏起自己的双手。

生 命 赞

这很好，住了下来
在充满生机的地方
并在不断跳动的心中
安放了时间；
这很好，看见自己的手
放在人间
如在小小的花园里
把手放在苹果上面；
这很好，爱上了大地
月亮和太阳，
如同爱上
天下无双的亲人；
这很好，把世界
献给了记忆
如同闪光的骑兵
骑着他乌黑的马；
这很好，使"女人""孩子"这些词
具有了容颜，

并给漂浮的大陆

充当海岸；

这很好，轻划船桨

拜访灵魂

以免突然接近

吓坏它们；

这很好，在树叶下

认识了影子，

并感到岁月

爬上赤裸的身躯；

这很好，陪伴着痛苦的黑血

进入我们的血管

用忍耐之星

染黄它的沉默；

这很好，拥有了这些词，

它们在头脑中动弹；

这很好，选择不那么漂亮的人

为他们略备欢宴；

这很好，感到生命短暂

又不讨人喜欢；

这很好，把它关进

这首诗里。

（1895~1952）

艾吕雅

保尔·艾吕雅（*Paul Eluard*）生于巴黎，父亲是会计员，母亲是裁缝，他的少年时代是在工厂的污浊空气中度过的。第一次世界大战爆发后，他应征入伍，当过卫生员和步兵，1917年问世的第一部诗集《义务与不安》就是在战火中写成的。同年，他负伤退伍，边养伤边进行诗歌创作。年轻时他曾走过不少弯路，先参加达达主义团体，后又加入超现实主义的行列，直到1936年才算基本上找到了自己创作的方向。第二次世界大战期间，艾吕雅参加了法共领导的抵抗运动组织，1942年正式加入法国共产党，战后荣获"抵抗运动勋章"。他的诗经历了"从个人的地平线到大众的地平线"的艰难历程。

艾吕雅以诗作为人生的归宿，诗是他人

生的唯一生存方式和表达方式。他的超现实主义的诗篇体现了那种心向天外的忘我情怀，爱情诗构筑了"长期的爱情思考"熔炼而成的充满着生与死考验的情爱大厦，政治诗是大众的武器，是公众的玫瑰，是抗恶求善的必胜信念的宣讲台。就像他曾在格拉摩斯峰的山坡上用喇叭筒对希腊游击队战士朗诵他的诗作一样，艾吕雅对自己追求的美好未来总是充满信心。

艾吕雅早期的作品，思绪朦胧，诗句往往不着红尘，特别是"大地蓝得像个柑橘"，把蓝色的大地比喻为金黄色的柑橘，这既矛盾而又不可能的标题本身就是典型的超现实主义的语言和诗情。《自由》一诗，是作者创作顶峰时期的代表作，它把反抗法西斯凌辱统治的战斗精神和追求自由光明的美好感情抒发得一览无遗，淋漓尽致，曾鼓舞过千百万法兰西儿女为争取自由解放而英勇战斗。

艾吕雅虽然是一个涉足过超现实主义营垒的诗人，诗篇中留有不少形式主义的痕迹，但他比他"旧日的伙伴们"更为重视主观感情的宣泄，更执著地追求正义的事业，更重视保持诗人的那颗纯金般的童心，更钟情于将"诗人有意的诗"写成"大众无意的诗"，所以他的诗，特别是他中晚年的作品，思想明晰，感情炽热，语言朴实无华，给人的诗歌形象虽是"言已尽而意无穷"，却明确、具体和生动。

Liberté

Sur mes cahiers d'écolier
Sur mon pupitre et les arbres
Sur le sable sur la neige
J'écris ton nom

Sur toutes les pages lues
Sur toutes les pages blanches
Pierre sang papier ou cendre
J'écris ton nom

Sur les images dorées
Sur les armes des guerriers
Sur la couronne des rois
J'écris ton nom

Sur la jungle et le désert
Sur les nids sur les genêts
Sur l'écho de mon enfance
J'écris ton nom

我 的 爱

我的爱因为你画出了我的欲

你把你的唇放在絮语的天上如一颗星

在活跃的夜里你的吻

和围绕着我的你双臂的航迹

就像火一样象征着征服

我的梦朝向世界

明亮而永恒

当你不在这儿时

我梦见我睡了我梦见我做梦

多情的你

多情的你在笑容后藏着秘密

全然裸露当爱的词句

揭露你的胸和颈部

敞开你的胯和眼皮

感知一切抚爱

让这些吻落在你眼里

不显露别的只显露完全的你

除了爱你我没有别的愿望

除了爱你我没有别的愿望

一场风暴占满了谷

一条鱼占满了河

我把你造得像我的孤独一样大

整个世界好让我们躲藏

日日夜夜好让我们互相了解

为了在你眼睛里不再看到别的

只看到我对你的想象

只看到你的形象中的世界

还有你眼帘控制的日日夜夜

吻

撤夫的麻纱还在你全身留着温热
你闭上双眼你微颤
它朦胧地诞生却来自四面

芬芳而甘美
你超越你身体的边界
却又不丧失你之为你

你跨越了时间
此刻你是新的女人
暴露在无限面前

二十世纪

（1896~1963）

查 拉

　　特里斯唐·查拉（*Tristan Tzara*），原籍
罗马尼亚，上中学时即显露出非凡的天才，
他不但爱好文学，对自然科学也有浓厚的兴
趣。1916年，他在瑞士苏黎世与几个朋友成
立了达达主义组织，扯起了反对一切、否定
一切的旗帜，两年后发表达达宣言，把达达
主义运动推上了一个新阶段。次年，他前往
巴黎，结识了布勒东和苏波等人，从此达达
主义运动和超现实主义运动在一定程度上进
行了融合，组织了声势浩大的游行、表演、
展览和晚会，并创办了《文学》杂志，宣传
达达主义。1931年查拉与布勒东等人几经离
合后终于加入了超现实主义组织，并发表
《论诗的现状》一文。这篇文章与《超现实
主义宣言》以及茹弗的《血汗》序言被认为

是20世纪诗歌发展历程中的重要文献。《论诗的现状》阐述了有意识和无意识的区别，主张通过分析和自发组合的方法来挖掘人类的潜意识。查拉幻想爆发一场既能破坏一切又能重建一切的文化革命，使人人都能掌握自己的意愿，自由表达思想。

1934年，查拉赴西班牙，投入了反法西斯的斗争。第二次世界大战期间，他参加了抵抗运动，战后在图卢兹创办了奥克语研究院，写了许多文学和艺术论义，探索艺术自由和主客观的关系。

查拉初期的诗是用罗马尼亚语写的，带有后象征主义的色彩，他自己也觉得"过于温柔和甜蜜"。1916年他写出了达达主义的第一部作品《昂蒂皮里纳先生首次天堂奇遇记》。1931年，《近似的人》问世。这部诗集是查拉诗歌创作的分水岭。在这之前，他的诗大多描写人类潜意识的活动，强调瞬间印象，形象怪异繁杂，不受理智约束，无标点，不连贯，十分难懂。《近似的人》之后，他的诗虽然还残留着达达主义的痕迹，但逻辑性、条理性大大加强了，思维开始恢复正常，诗的气势也变得宏伟而壮阔。战争期间，他的诗有所贴近现实，但并没有简单地配合时事或图解政治，而是借天上或人间的艺术形象痛苦地沉思诗人的过去和人类的命运。他重版了他的达达主义作品，肯定自己早年的探索，继续为解放想象、反对诗歌语言的僵化而努力。

达达之歌

一

达达主义者唱着歌

心中有达达

他的马达被累趴了

心中有达达

电梯载着国王

沉重脆弱自治

他砍掉自己的右臂

送给罗马的教皇

这就是为什么

电梯的心中

再也没有达达

吃点巧克力

洗洗你的大脑

达达

达达

喝点水吧

二

达达主义者唱着歌

他不高兴也不伤心

他爱上了女自行车手

她不高兴也不伤心

但到了元旦那一天

丈夫知道了一切，狂怒之下，

把他们两具尸体装进三个箱子

送到梵蒂冈

无论是那个情人

还是女自行车手

都不再高兴也不伤心

吃点美味的大脑

给你的战士洗洗

达达

达达

喝点水

三

男自行车手唱着歌

心中有达达

所以他成了达达

与所有心有达达的人一样

一条蛇戴着手套

迅速关上气阀

戴上蛇皮手套

前来拥抱教皇

这很动人

肚子开花

心中再也没有达达

喝点鸟奶

洗洗你的巧克力

达达

达达

吃点小牛肉

宣传"达达"海报

为了写一首达达主义的诗

拿张报纸

拿把剪刀

在报纸上选篇文章

长度与你要写的诗相仿。

剪下文章。

然后细细剪下

文章上的每个字

把它们放入一个口袋。

轻轻地摇晃。

然后一一拿出所剪的每个字。

根据它们被拿出的先后顺序抄写。

这就是你的诗了。

现在你成了一个非常独特的作家,

感觉灵敏得可爱,而且凡人看不懂。

近似的人

（节选）

近似的人像我像你读者像其他人

一堆吵吵嚷嚷的肉和意识的回声

一整块意愿你的名字

可以搬走可以吸收被女性顺从的鞠躬磨得光滑

各种不解要看问题多多的潮流满不满意

近似的人把你移动到命运的近旁

心像个箱子一曲华尔兹当作脑袋

冰冷的玻璃上的水汽，是你自己不让照镜子

在堪作风景的薄冰首饰中大而无用

然后人们在桥底下围成一圈唱歌

嘴被冻得发紫发麻毫无意义

近似的或美丽的或悲惨的人

在纯洁岁月的雾中

廉价的住处眼睛是火的使者

大家都在抚慰思想的毛皮中询问和照顾他们

眼睛让柔软众神的暴力返老还童

一笑牙齿的弹性就起作用蹦了起来

近似的人像我像你读者

你双手捧着闪光的数字你充满诗歌的头

好像在扔一个球……

二十世纪

413

（1900～1945）

德思诺斯

罗贝尔·德思诺斯（*Robert Desnos*）生
于巴黎的一个小商人家庭，中学毕业后便给
一位记者兼作家当秘书，这使他得以饱览群
书，并结识许多作家。1919年，他参加了达
达主义组织，后又参加了超现实主义组织的
第一次游行。他在超现实主义运动中曾起着
十分重要的作用，被当作是运用超现实主义
写作方式的典范，"自动写作的真正才子"，
"依靠梦幻进行即兴创作的真实代表"。

德思诺斯的创作可分三个阶段。第一阶
段（1922—1930）他坚决捍卫超现实主义的
文学主张，严格按超现实主义的准则写作。
在他看来，诗只存在于完全真实的梦幻之
中，所以他听凭梦幻的指引，用一种来自潜
意识的超时空的词汇和意象客观如实地记录

和收集原始状态的梦。但1926年以后，他对超现实主义的依附有所减轻，虽然他的诗还带有强烈的超现实主义色彩，但他相应形成了自己的风格，他把想象、梦幻和幻景结合起来，安放在传统的诗歌形式内，造成了一种强烈的反差，以体现诗的虚无和失衡。1930年，他出版了诗集《身体和财富》，对前一阶段的创作进行了总结。这部诗记录了他数年来感觉的细微变化，被认为是超现实主义的杰作。

1930—1939年是德思诺斯创作的第二阶段。法西斯的崛起使他意识到了诗人的责任，于是他脱离了超现实主义组织，为电台和报刊写歌词、写诗、写评论，揭露法西斯的本质，捍卫法兰西文化。这一时期，他的诗由于要照顾广播电台的特点，写得铿锵有力，节奏鲜明，语言也变得平易了，但仍不乏奇思。

第三阶段（1939—1945）德思诺斯参加了法国的地下抵抗组织，用自己的血肉之躯来保卫祖国，主持正义。同时，他继续进行文学创作，相继出版了《财富》、《醒着》、《地方》等诗集。与当时的许多诗人一样，他从写"实验诗"过渡到写"干预现实的诗"，诗风发生了根本性的变化。他这一时期的诗不但在形式上接近民谣，而且自然纯朴，"热情而清醒"。他不再人为地在诗中设置障碍，而是渴望与人交流。他在诗中满怀希望和信心，鼓励大家坚持斗争，迎接光明的未来。

1944年，德思诺斯被盖世太保逮捕，次年病死在集中营。

XIII

Longtemps après... hier

L'eau sale était parée d'étranges colliers de poussières flottantes, de crachats, d'écume. Ces immondices se réunissaient par groupes, par bandes. Ils ceinturaient l'eau du port et le dispersaient à l'approche de l'étrave. L'eau elle-même était grise comme un matin d'octobre, vérolée de taches suspectes, irisée de pétrole. On les reconnaissait ces marbrures, il les avait déjà vues aux pages de garde des registres de comptabilité de la maison Broudchoux. Trente ans s'étaient écoulés depuis lors. Une vie. Et une vie qui s'accordait avec l'eau de ce port où il abordait, tumultueuse, vraisonnée comme elle, souillée, magnifique comme elle, lunatique comme elle et comme l'amour.

Comme la mer elle avait comme des vents impétueux, parfumés et toniques, comme la mer elle avait comme l'ennui des caises plats, comme la mer elle était amère et comme les larmes. Des goémons aphrodisiaques avaient bourré les matelas après avoir été le jouet de courants contradictoires, des criques de sable l'avaient abrité parfois, des criques de sable fin et brûlant, de sable si fin... Maintenant il était plus dégradé que les falaises des côtes tempétueuses, plus rongé qu'une île sur le point de s'abîmer, plus seule que les débris usés par les marées. Bientôt le voyage se terminerait pour de bon et la mer et la vie continueraient malgré tout à alterner leurs marées.

Il n'écouta pas les sirènes mugir. Il ne vit pas les groupes joyeux de voyageurs accueillis par leurs proches. Le soir allait tomber vertigineusement sur ce paysage de phare, de cordages, de cornes métalliques et d'estaminets.

Il avait dans ce premier retour rencontré... On lui servit la soupe

古老的喧嚣

一棵光秃秃的树苗在我手里这就是世界

锁关住了影了影子却看着锁

现在影子溜进了房间

美丽的情人现在性感的让人难以想象影子消失在亵渎中白色羽毛的

　　巨鸟栖息在美人肩上栖息在守护着睡眠的举世无双的女神肩上

小路在等待暴风雨来临之前突然安静下来

一个绿色的捕蝶网扑向蜡烛

你是什么人把火焰当作是昆虫

薄纱与火之间发生了一场奇特的战斗

我想在你膝盖旁度过夜晚

在你的膝盖旁

尽管黑夜来临，我不时地把你凌乱的头发撩回哀伤而平静的额头

我密切关注时间与你的呼吸在缓慢地摇晃

我在地上捡到的这颗纽扣

是珠钿纽扣

我寻找掉了这颗纽扣的扣眼

山腰上火绒草干枯了

火绒草在我的梦中在你的手中盛开当你的双手张开：

清晨好当大家都感到欢欣当茁壮的花蹒跚着走下巨大的大理石楼
　　梯带着一队白云和荨麻
最漂亮的云是新近变化的月光最高的荨麻布满了钻石
向煤炭之花道个早安心地善良的处女将催我入眠
清晨好水晶的眼睛薰衣草的眼睛石膏的眼睛平静的眼睛哭泣的眼
　　睛暴风雨的眼睛
清晨好清晨好
火焰我在心中太阳在酒杯里
可我们再也不能互相说话
大家清晨好！水晶眼的鳄鱼圣洁的荨麻煤炭花善良的处女。

毕加索为德思诺斯的诗集所画的插图

明 天

就是到了十万岁，我也会有力量
把你等待，啊，充满希望的明天；
时间，像受尽折磨的老人，低声说：
早晨是新的，夜不也同样？

可我们彻夜不眠已太久太久，
我们醒着，守着光与火，
我们低语，伸长耳朵，
嘈杂声迅速消失，如在赌场。

然而，黑夜中我们仍坚信
灿烂的白天终将到来，
我们醒着，是为了等待黎明，
它将证明：我们仍在。

(1919~1998)

博斯凯

阿兰·博斯凯（*Alain Bosquet*），是法国当代最负盛名的诗人之一，其作品多次在法国和国际上得奖，并被译成十几种外文在世界各地流行。

博斯凯生于乌克兰一个具有比利时血统的小商人家庭，祖父虽经商办厂，却也写过不少诗，父亲则是个业余的诗歌翻译家。博斯凯继承了家人爱诗的传统，从小就对诗着迷，中学时期，他如饥似渴地读奈瓦尔、波德莱尔和瓦雷里，并尝试着写诗。第二次世界大战期间，博斯凯应征入伍，先后在比利时和法国的军队中服役。1942年，他去了美国，在纽约一家左派报纸主持文艺副刊，结识了许多流亡美国的法国和比利时大诗人，如梅特林克、布勒东等，尤其是布勒东，在诗歌观和创作手法上给了他极大的影响。

　　博斯凯初期的诗带有超现实主义色彩，注重梦幻和潜意识的作用，发明新词，不讲语法，致力于建造玄虚的意象。1945年，长崎、广岛的原子弹爆炸把他从梦中震醒，他开始冷静地面对现实，关注社会，思索人类的状况和存在的意义。在苏佩维埃尔的启发下，他尝试着用一种现代寓言来表现自己的这种思索，探索人与宇宙、人与物质、人与语言以及人与人之间的关系。这种现代寓言不是哄孩子入睡的工具，更不是逃避现实的手段，而是重建世界、重建信仰的武器。在他的这个寓言世界中，树木、高山、石头、海洋等自然物都被注入了生命，像人一样能活动，会讲话，有思想；而理念、灵魂、时间等抽象的东西也具有了实在的形体。种种表面上互不关联的事物联系在了一起，神和上帝无处不在，但这个上帝不是别人，而是人本身。

　　博斯凯不但是个博学的诗人，而且也是个杰出的诗歌理论家。他的诗歌论著《语言与眩晕》被认为是20世纪法国最重要的诗歌文献之一。

论 诗

（节选）

我向你介绍

我的诗：它是座岛

在书中飞行，

寻找着

它出生的那一页，

然后，在我这儿停下，垂着受伤的双翼

吃它的肉餐和冰冷的话。

与诗为邻，我付出了昂贵的代价！

我最好的诗句睡在荨麻当中；

我最活跃的音节做着梦，

梦见寂静，跟它一样年轻。

给我一片远天，它再也不敢

穿游任何书本。

我送你这首诗作为交换：

诗中生活着

飞洋过海的鸟；

还有这些高高的辅音，

从那儿，人们观察着

星星脑中的肿瘤。

模仿者

我想写心爱的女人的暮年晚景，
人们说："这些，龙沙都已写了。"
我想写深深的悲哀和淹死的女孩，
人们说："这些，雨果都写了。"

我想写沉重的心和愤怒的湖，
人们说："这些，拉马丁的诗中都有。"
我想写音乐，想写雾中的公园，
人们说："这些，魏尔伦的诗中都有。"

我想写出走，前往遥远的赤道。
人们说："这些，兰波都写了。"
我想写自己的荣誉和苦涩的孤独，

人们说："很不巧，维尼已经写了。"
我不敢再写，怕妨碍他们，
那些家伙不声不响把我的诗都写光了。

二十世纪

黑夜与早晨之间

黑夜与早晨之间

只有一种区别：

那就是天堂之鸟。

鸟与马之间

只有一种区别：

那就是喝奶长大的蓝天。

蓝天与雕像之间

只有一种区别：

那就是夜夜不眠的水。

水、空气和草地之间

是否也有区别？

让我们问一问

修补星星的大巫师：

人与人之间的区别

只有他知。假如他弄错了，

那是因为鸟是一匹马，

蓝天是座雕像，夜

是九月的早晨，而人

由不得自己，差点不是人。

借他们一艘船

借他们一艘船：
他们能到达天边。
借他们一块卵石：
他们会用它造一座山。
借他们几个动词
让他们编他们的圣经，
借他们几支画笔
让他们再画一个天空。
可要是你不相信，
那就只给他们一道目光：
他们会在上面建一个宇宙。

不，谢谢，不要这身躯

不，谢谢，不要这身躯！

这花粉于我已足够。

不，谢谢，不要这土地！

这颗星驮着我

像一匹温顺的骆驼。

不，谢谢，不要这上帝！

我只相信这条

嘲讽我的河流：

我属于那种人，

他听从冰雹的劝告，

创造，为了把脸交付给遗忘

而发明和创造。